DAS ESTRELAS AO OCEANO

contos de ficção científica

DAS ESTRELAS AO OCEANO

contos de ficção científica

MARTIN CLARET

SUMÁRIO

Prefácio · **7**

A ESTRELA
H. G. Wells · **21**

ARMAGEDDON: O SONHO
H. G. Wells · **43**

O ETERNO ADÃO
Jules Verne · **87**

O TEMPLO
H. P. Lovecraft · **147**

UM OUTRO MUNDO
J. H. Rosny Aîné · **173**

PREFÁCIO

Mensagens em garrafas — os pioneiros do futuro

Elton Luiz Aliandro Furlanetto*

O conto e a noveleta

Contos ou noveletas são narrativas menores em prosa, que tendem a apresentar um recorte com poucos personagens e com apenas uma linha de ação, ao passo que o romance, seu alter ego mais extenso, pode apresentar múltiplas linhas de ação.

Conhecidos por diversos nomes, e sofrendo algumas modificações durante o passar do tempo, o conto, principalmente, se tornou mais popular especialmente nos séculos XIX e XX. Um dos primeiros autores a

---

* Graduado em Letras — Inglês e Português pela Universidade de São Paulo (2005). Tem experiência na área de Letras, com ênfase em Literatura, atuando principalmente nos seguintes temas: ficção científica, literatura norte-americana, crítica dialética, utopia, tradução literária e escrita criativa. É mestre na área de Estudos Literários em Inglês com enfoque na Ficção Científica e Utopia (2010) e doutor pela mesma área na USP (2015).

explorar sua forma e a teorizar a respeito dele foi Edgar Allan Poe. Poe foi um modelo para os escritores que viriam depois e é considerado um dos fundadores da intersecção entre a literatura e a ciência, ou a falta dela, por meio das explicações pouco lógicas, mais ligadas ao inconsciente, à loucura.

Para Poe, no famoso ensaio "A filosofia da composição", o conto era uma obra que deveria ser breve, para poder ser fruída em apenas algumas horas.

Além da forma, o conto se tornou popular devido a fatores econômicos: por ser menor, os autores podiam escrever mais em menos tempo e conseguiam submeter suas produções para uma série de revistas, ganhando mais dinheiro com as submissões. O processo de escrita de um romance tendia a ser mais lento, o que impossibilitava uma compensação financeira imediata.

Outra característica interessante é que grande parte dos escritores utilizava os contos como termômetro para analisar determinado tema ou esboçar determinada situação. No caso de aquele conto fazer sucesso, ele seria ampliado e melhor desenvolvido, e ganharia a forma de novela ou de romance, dependendo do tamanho.

A ficção científica

Podemos dizer que grande parte da produção inicial de ficção científica tomou a forma de histórias mais curtas. Tanto foi assim que alguns críticos identificam as revistas pulp estadunidenses, tais como a *Amazing Stories*, como a origem da ficção científica moderna. Porém, mais e mais estudiosos da área têm buscado alternativas para delimitar as origens do gênero. Adam Roberts faz uma lista desses possíveis pontos de origem: *Frankenstein*, de Mary Shelley; Luciano de Samósata (120–190 d.C.); Thomas More. Porém, como ele mesmo afirma, se formos considerar a ficção científica enquanto uma formação estético-cultural, somente no século XX ela desenvolve a cara de um gênero, socialmente aceito, consumido e produzido.

Mas não seria a ficção científica, e seus gêneros irmãos (a fantasia e o horror), frutos de uma mesma forma de observar o mundo, o modo fantástico, que rejeita o realismo puro e simples? Se este for o caso, eles existem desde os primórdios da literatura, quando ela ainda tinha um caráter mais ligado aos mitos e às tradições orais.

Entretanto, foi somente depois da eclosão da Revolução Industrial que a ciência começou a se organizar de maneira mais intensiva. A tecnologia passou a modificar o cotidiano das pessoas. Assim, se tornou quase inescapável para a arte não incorporar as preocupações mais modernas.

Foi então, durante o século XIX e no começo do século XX, que diversos autores vão se consolidar ao criarem histórias que continham de forma central as preocupações da modernidade, porém sempre mediadas por aventuras, personagens interessantes e enredos dramáticos. São alguns desses autores que estão reunidos nesta antologia e os quais iremos, de forma breve, apresentar.

Precursores

Dois nomes se destacam bastante como escritores clássicos de ficção científica (ou da chamada protoficção científica) do século XIX: o francês Jules Verne e o inglês H. G. Wells.

Chamados às vezes de o "avô" e o "pai" da ficção científica, respectivamente, cada um deles escreveu de modo bastante diverso acerca da modernidade que os cercava.

Verne (1828–1905) não teve sucesso inicialmente como escritor. Foi apenas depois de conhecer o editor Pierre-Jules Hetzel, em 1862, que sua carreira decolou. Ele assinou um contrato para uma coleção chamada Viagens Extraordinárias, além de contribuir na revista para crianças e jovens que Hetzel editava. A prosa de Verne era uma mistura de aventuras empolgantes e informações retiradas de manuais e compêndios científicos. Verne apresentava a tecnologia e a modernidade como elementos bastante positivos, porém sem deixar de notar algumas questões políticas de sua época. Um exemplo disso seria que, em grande parte dos seus romances, os aventureiros são ingleses (em *Cinco semanas em um balão*, *A volta ao mundo em oitenta dias* e *Os filhos do Capitão Grant*) o que representava uma visão do expansionismo imperial inglês que determinava o desenvolvimento daquela sociedade. Apesar de ter notado com otimismo os desdobramentos da técnica e as consequências da modernização, Verne não deixava de incluir em suas histórias alguns equívocos e pontos cegos, os quais relativizam as descobertas incríveis.

Herbert George Wells, conhecido como H. G. Wells (1848–1948), era apaixonado por livros e pela leitura desde sua infância. Tendo uma formação como cientista, foi durante sua graduação que ele começa a escrever para um jornal da escola e a perceber sua vontade de discutir assuntos como a ciência, política, religião e o futuro. Apesar de algumas tentativas de falar sobre a ciência em artigos gerais, Wells percebeu que ela só seria interessante para os leitores se estivesse ligada ao cotidiano, a coisas simples que todos entendiam. Seus "romances científicos", como ele os chamava, fizeram muito sucesso e por uma década anteciparam e discutiram temas muito pertinentes ao século XX. São eles: *A máquina do tempo*, *Guerra dos mundos*, *A ilha do dr. Moreau* e *O homem invisível*.

Wells tinha uma visão mais pessimista com relação à ciência e foi um dos primeiros autores a afirmar que a tecnologia poderia levar à destruição do homem. Contudo, essa forma mais pessimista de enxergar o futuro não fez com que o autor perdesse o sucesso, uma vez que suas histórias continham bons enredos, ótima construção de cenas e personagens.

Outros autores clássicos que influenciaram a ficção científica em seus primórdios foram o escritor francês de origem belga Joseph Henry Rosny Aîné (1856–1940) e Howard Phillips Lovecraft (1890–1937).

A palavra "aîné" que acompanha o nome de J. H. Rosny significa "sênior" e aparece porque este foi o pseudônimo que Joseph Honoré Boex compartilhou por muitos anos com o irmão mais novo dele, Séraphin. Com a separação dos irmãos, adotaram o "aîné" e o "jeune" (jovem) para diferenciarem as autorias. Foi o segundo autor mais importante da ficção científica em língua francesa do século XIX, depois de Júlio Verne, mas não conseguiu obter muito sucesso em vida. Grande parte de sua obra foi traduzida apenas depois de sua morte, o que fez com que ficasse desconhecido pela tradição anglo-americana que consolidou a ficção científica.

O autor era discípulo do naturalista Émile Zola, e em 1887 publica a sua primeira história em que elementos da ficção científica aparecem: homens primitivos e vida extraterrestre. Sua caracterização dos extraterrestres, inclusive, foi uma das primeiras que se distanciou da representação antropomórfica. Esses dois temas foram muito caros ao autor, que se popularizou recentemente com a transformação de um de seus romances em filme: *A guerra do fogo*. Diferente de Wells e Verne, que tendiam a evitar um confronto direto com o desconhecido, Rosny aplicava as teorias de Darwin e imaginava novas raças, completamente diferentes das formas de vida conhecidas.

Por fim, o estadunidense Lovecraft é um autor que costuma dispensar apresentações. Bastante conhecido entre os fãs do terror, foi um dos primeiros a utilizar neste gênero elementos típicos da fantasia e da ficção científica. Mesmo criticado pelo seu conservadorismo (e até mesmo por polêmicas ligadas ao racismo), foi notória a maneira como ele criou uma mitologia própria, e a sua preocupação com a linguagem, o que fizeram dele um autor clássico do gênero do horror. Assim como Edgar Allan Poe, ambos tiveram poucos leitores entre seus contemporâneos, desenvolvendo sucesso apenas postumamente. Suas histórias tendem a ter como característica o apelo ao sonho/pesadelo e ao subconsciente. Suas obras mais conhecidas foram reunidas sob o nome de Mitos de Cthulhu, criatura mitológica criada por ele.

Os contos

A presente antologia é composta por cinco contos. Eles se organizam por temáticas variadas, apesar de possuírem algumas características semelhantes, como terem sido escritos como diário encontrado, carta ou narração em primeira pessoa. Sem se afastar de seus estilos, eles exploram diferentes cenários e representam um alinhamento, ou mostram variações (como no caso de Verne e Lovecraft), dos projetos mais conhecidos de seus autores.

"O Eterno Adão" (1910), de Jules Verne, foi uma das últimas histórias escritas por ele, editada pelo seu filho, Michel Verne. É uma das suas poucas histórias que não estão tão ligadas ao otimismo da ciência e na qual Verne se projeta para um futuro mais distante. A história é contada primeiramente da perspectiva de Zartog Sofr-Aï-Sran, um arqueólogo do futuro que encontra o diário de um sobrevivente de um apocalipse que destruiu a civilização. Nesse diário, vemos a descrição de uma luta por sobrevivência e uma crítica ao conhecimento sem um progresso dos princípios. A reflexão final faz os leitores pensarem nos rumos da civilização.

Já em "A estrela" (1913), H. G. Wells cria uma cena de perigo que vem do céu. Um corpo celeste invade o sistema solar, destrói o planeta Netuno e avança em direção ao centro do sistema solar. É curioso perceber como a humanidade vai reagir a esse perigo iminente, que chega próximo de obliterar o nosso planeta, o que não acontece, mas deixa marcas profundas na civilização. Em "Armageddon: o sonho" (1901), Wells nos mostra dois personagens em um trem, e um deles diz que seus sonhos o estão matando. Ele descreve para seu interlocutor as cenas de seu sonho, que tratam de uma paixão que se consuma na ilha de Capri, mas o preço para isso é não retomar seus deveres políticos e a consequência é o mundo entrar em uma grande guerra. Os resultados dessa ação não são os melhores e a tragédia parece ser o único destino possível para o sonhador.

Em "Um outro mundo" (1895), de J. H. Rosny Aîné, temos um personagem-narrador que anuncia ser diferente das pessoas a sua volta, possuindo capacidades sobre-humanas: maior velocidade e agilidade. O curioso é notar que a percepção das pessoas a sua volta é de que ele é um idiota. Além disso, sua aparência é marcada por uma cor de pele diferente, olhos embaçados, etc.

Uma de suas características mais marcantes é que por suas diferenças de percepção, ele se coloca em contato com dois tipos de seres que vivem na Terra, imperceptíveis aos olhos humanos: os Moedigen e os Vuren. E, na tentativa de entender quem ele é e quem são essas criaturas, ele procura ajuda de um cientista em Amsterdã, o doutor Van den Heuvel, que se mantém bastante cético com relação ao que diz nosso personagem, mas que fará junto com ele descobertas intrigantes.

"O templo" (1920), escrito por H. P. Lovecraft, distancia-se um pouco dos seus contos mais conhecidos. Ele é baseado em um manuscrito escrito por Karl Heinrich, Graf von Altberg-Ehrenstein, membro da marinha alemã durante a Primeira Guerra mundial. Em uma missão, seu submarino ataca um navio inglês. Ao voltar à superfície, há um homem preso ao submarino e encontram entre seus pertences uma escultura de marfim. Um de seus homens a guarda. Depois disso, várias situações estranhas começam a acontecer. Nada de bom. Pesadelos, delírios e loucura tomam conta da tripulação, a qual não consegue mais voltar à superfície e começa a perder as esperanças. Várias mortes acontecem até que há uma surpresa ao se atingir o fundo do oceano. Porém, talvez nem ela seja o suficiente para a salvação.

Referências

BEZARIAS, Caio Alexandre. *Funções do mito na obra de Howard Phillips Lovecraft*. 2006. Dissertação (Mestrado em Estudos Linguísticos e Literários em Inglês) — Faculdade de Filosofia, Letras e Ciências Humanas, Universidade de São Paulo, São Paulo, 2006.

FERREIRA, Júlio César David. *Aproximações entre a obra de Júlio Verne e o ensino de física*. 2011. 90 f. Dissertação (mestrado) — Universidade Estadual Paulista, Faculdade de Ciências e Tecnologia, 2011. Disponível em: <http://hdl.handle.net/11449/92244>.

MORAIS, Rafael Pinto. *Modernity in nowhere*: the modern world revisited by the utopian novels of William Morris, H. G. Wells e Aldous Huxley. 2011. 102 f. Dissertação (Mestrado em Ciências Sociais) — Pontifícia Universidade Católica de São Paulo, São Paulo, 2011.

PALHARES, Edilson Rodrigues. *Fogo fátuo, fogo fatal pré-história e indeterminação na ficção científica*. 2016. 342 f. Tese (Doutorado em Ciências Sociais) — Programa de Estudos Pós-Graduados em Ciências Sociais, Pontifícia Universidade Católica de São Paulo, São Paulo, 2016.

ROBERTS, Adam. *A Verdadeira História da Ficção Científica*: do preconceito à conquista das massas. Trad. Mário Molina. São Paulo: Seoman, 2018.

DAS ESTRELAS AO OCEANO

contos de ficção científica

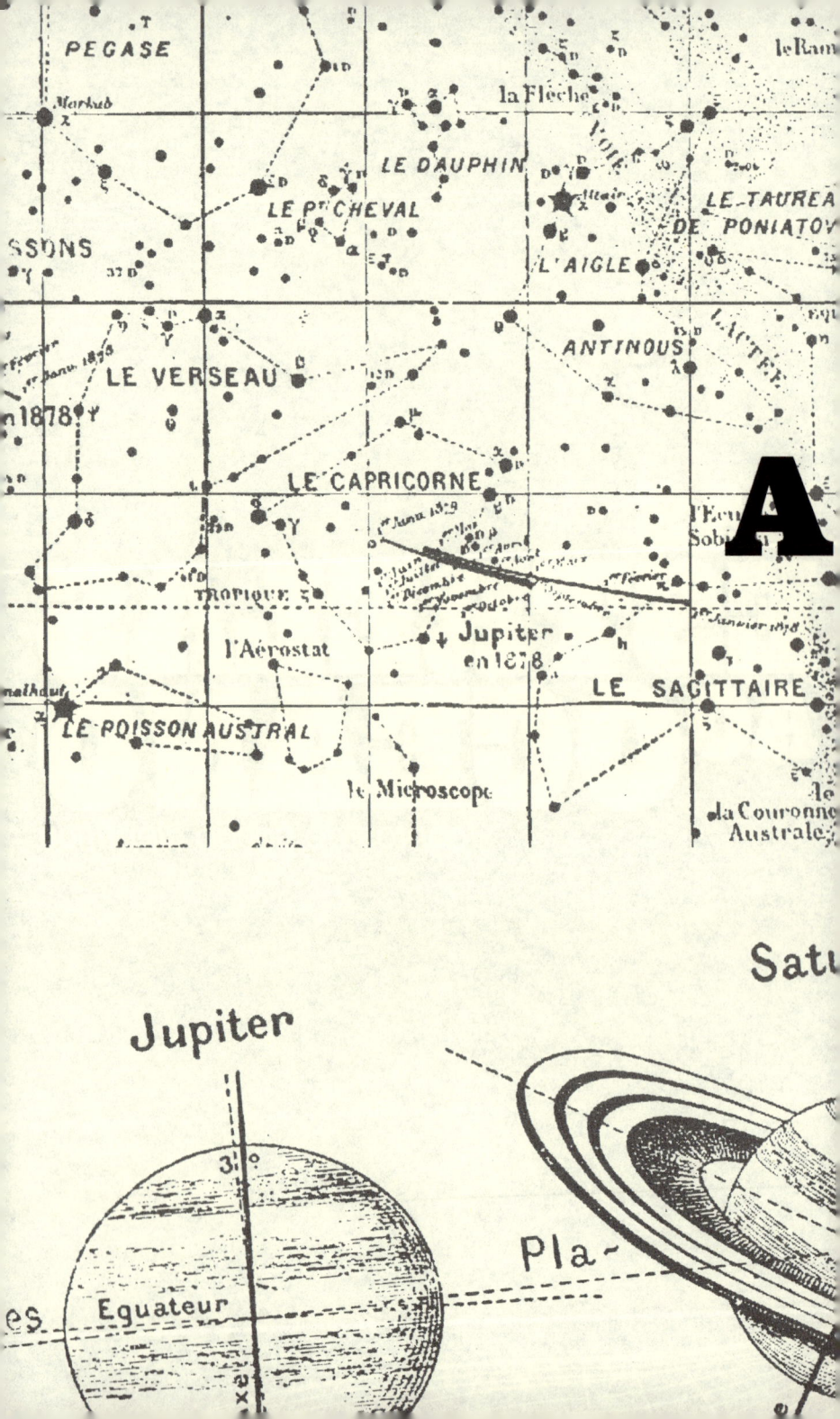

ESTRELA
H. G. Wells

Tradutora: Vilma Maria da Silva

Foi no primeiro dia do ano que apareceu o anúncio, feito quase simultaneamente por três observatórios, de que o deslocamento de Netuno, o mais afastado de todos os planetas que orbitam em torno do Sol, tinha se tornado errático. Olgilvy já tinha chamado a atenção para uma suposta diminuição de sua velocidade em dezembro. Dificilmente se poderia supor que essa notícia interessasse a um mundo em que a maioria de seus habitantes não sabia da existência do planeta Netuno, nem que a descoberta subsequente — fora da esfera dos astrônomos —, de um ponto de luz tênue e distante na região do planeta perturbado causasse grande agitação. Os cientistas, contudo, julgaram a notícia suficientemente digna de nota, mesmo antes de se tornar conhecido o fato de que o novo corpo celeste ficava rapidamente maior e mais brilhante, que seu deslocamento era completamente diferente do movimento regular dos planetas, e que o desvio de Netuno e seu satélite estava se tornando então um caso inédito.

Poucas pessoas sem conhecimento científico podem notar o imenso isolamento do sistema solar. O Sol, com suas manchas de planetas, sua poeira de planetoides e seus cometas impalpáveis nada numa imensidão vazia e isso quase aniquila a imaginação. Além da órbita de Netuno, tanto quanto a observação humana pôde penetrar, há o espaço vácuo, sem calor, luz ou som, lugar vazio, com vinte milhões de vezes um milhão e meio de quilômetros. É a estimativa da menor distância a ser atravessada antes que a mais próxima das estrelas seja alcançada. Exceto alguns cometas menos densos do que o brilho mais tênue, até o início do século XX nunca existiu para o conhecimento humano nenhum outro astro que tenha cruzado esse espaço abissal quando este errante estranho apareceu. Era um imenso corpo celeste, corpulento e pesado, lançando-se inesperadamente no negro mistério do céu em meio à luminosidade do Sol. No segundo dia estava completamente visível para qualquer instrumento decente, em um fulgor com diâmetro sensivelmente pequeno, na constelação de Leão perto de Regulus. Em pouco tempo, um binóculo de ópera poderia avistá-lo.

No terceiro dia do ano, os leitores de jornais dos dois hemisférios se fizeram cientes pela primeira vez da importância real dessa aparição incomum nos céus. "Uma Colisão Planetária", a manchete de um jornal londrino anunciou e apresentou a opinião de Duchaine de que esse estranho e novo planeta provavelmente colidiria com Netuno. Os editoriais ampliaram o tópico; assim, em muitas capitais do mundo, em 3 de janeiro, havia uma expectativa, ainda que vaga, de um fenômeno iminente nos céus; quando depois do pôr do sol seguiu-se a noite, milhares de homens no mundo todo voltaram os olhos para cima a fim de ver... as velhas e conhecidas estrelas exatamente no mesmo lugar onde sempre estiveram.

Foi antes do amanhecer em Londres, Pollux declinar-se e as estrelas começarem a se apagar. Era uma madrugada de inverno. Um acúmulo de luz se infiltrando fracamente, a iluminação a gás e as velas brilhando nas janelas, que mostravam onde as pessoas estavam acordadas. Mas um policial bocejante viu a coisa, pessoas ocupadas nos mercados pararam, assombradas, os operários que iam para o trabalho, os leiteiros, os entregadores de jornais, os notívagos que rumavam para casa pálidos e fatigados, os sem-teto que vagavam pelas ruas, os sentinelas em ronda, trabalhadores no campo a caminho da lavoura, caçadores que retornavam furtivamente para casa — por todo o país sombrio e agitado podia ser vista; e no alto-mar, os marinheiros que esperavam o dia também viram a grande estrela branca que apareceu repentinamente no céu ocidental.

Era mais brilhante que qualquer estrela nos céus; mais brilhante que Vênus ao anoitecer quando está em seu maior esplendor. Emitia uma luz branca e extensa, não apenas um borrão de luz cintilante, mas um disco pequeno e luminoso, uma hora depois de o dia surgir. Os homens olhavam pasmados e temerosos para onde a ciência não tinha penetrado e falavam uns aos outros sobre guerras e pestes que esses sinais nos céus prenunciavam. Bôeres[1] musculosos, hotentotes pardos, negros da Costa do Ouro, franceses, espanhóis e portugueses olhavam perplexos essa estranha e nova estrela se pôr no calor do sol nascente.

Em uma centena de observatórios a agitação tinha sido reprimida depois de ter alcançado o máximo da histeria quando dois astros distantes avançaram ao mesmo tempo; seguiu-se uma correria desabalada de um lado ao outro para buscar a máquina fotográfica e o espectroscópio, mais esse dispositivo e aquele outro para documentar a visão assombrosa: a destruição de um mundo. Pois era um mundo, um planeta irmão de nossa Terra — na realidade muito maior —, que repentinamente rompeu em chamas em uma morte violenta. Era Netuno que tinha sido atingido em cheio e de chofre pelo estranho planeta do espaço exterior, e a violência da colisão tinha transformado instantaneamente os dois globos maciços em uma imensa bola de fogo. Naquele dia, duas horas antes do amanhecer, em todo o mundo, a grande e pálida estrela branca surgiu, e apenas foi se desvanecendo à medida que desaparecia no oeste e o sol subia no céu. Em toda parte, os homens a admiravam, mas, de todos que viram o fenômeno, ninguém pôde se admirar mais do que aqueles marinheiros, observadores habituais das estrelas, que no alto-mar não tinham ouvido nada sobre seu aparecimento e naquele momento a viam elevar-se como uma lua anã e mover-se na direção

---

[1] Descendentes dos colonos calvinistas dos Países Baixos, da Alemanha e Dinamarca. (N. E.)

do zênite, pairar no alto e mergulhar no oeste com o fim da noite.

Quando na sequência ela apareceu na Europa, em todos os lugares multidões de observadores se puseram sobre os montes, sobre os tetos das casas, em espaços abertos, olhando pasmos na direção do leste onde nascia a nova e grande estrela. Ela tinha um brilho branco na frente como o lume de um fogo pálido, e aqueles que a tinham visto na noite anterior gritaram ao vê-la: "Está mais brilhante!". E, de fato, a lua no quarto crescente se punha no oeste e em seu tamanho visível estava fora de comparação, mas em toda a sua extensão não tinha tanta luminosidade agora quanto o pequeno círculo da estrela desconhecida.

— Está mais brilhante! — as pessoas gritavam, aglomerando-se nas ruas.

Mas nos observatórios havia apreensão e os observadores olhavam ofegantes uns para os outros.

— Está mais próxima! — diziam — Mais próxima!
— Está mais próxima. — repetiam um após o outro.

O clique do telégrafo refletia essas vozes, elas ecoavam pelos fios do telefone e, em milhares de cidades, tipógrafos com as mãos sujas de tinta compunham os caracteres: "Está mais próxima". Nos escritórios, os escreventes, tomados por um comportamento incomum, lançavam ao chão suas canetas; em milhares de lugares, homens que conversavam normalmente descobriam de repente uma possibilidade grotesca nas palavras "Está mais próxima". Essas palavras corriam pelas ruas despertas, eram apregoadas na quietude fria das vilas tranquilas; homens que tinham lido sobre o assunto nas notas dos telégrafos ficavam sob a luz fraca nas soleiras das portas apregoando as notícias para os transeuntes. "Está mais próxima!" Mulheres cheias de vida, belas e esplendorosas, ouviam entre as danças as notícias contadas de modo zombeteiro, e fingiam um interesse inteligente que não tinham. "Mais próxima! Realmente. Que curioso! Como devem ser inteligentes essas pessoas que descobrem coisas assim!"

Olhando para o céu, solitários e errantes pelas noites geladas, os mendigos murmuravam para se confortarem:

— Ela tem necessidade de estar mais perto, pois a noite é tão fria como a caridade. Mesmo assim, não sinto um grande calor que venha dela.

— O que é essa estrela nova para mim? — lamentava a mulher em lágrimas, ajoelhada ao lado de seu morto.

O estudante, que tinha acordado cedo para fazer sua prova na escola, tentava solucionar por si mesmo o mistério da grande estrela que brilhava vividamente entre as flores geladas de sua janela:

— Centrífuga, centrípeta — ele dizia com a mão no queixo. — Contenha o movimento de um planeta, tire sua força centrífuga, e então? A força centrípeta vai predominar e ele mergulhará no Sol! E isso...!

—*Nós* estamos no seu caminho? Queria saber...

O dia seguiu seu curso normal. Depois, com os vigilantes da escuridão gelada a estranha estrela reapareceu. Estava agora tão brilhante que a lua crescente parecia um fantasma descorado, igual a um pêndulo imenso sob o pôr do sol. Em uma cidade da África do Sul, um homem famoso tinha se casado e as ruas estavam iluminadas para recepcionar os noivos.

— Até os céus estão iluminados! — disse um bajulador.

Sob Capricórnio, um casal de namorados, por amor um ao outro, desafiava os animais selvagens e os espíritos malignos, e rastejava entre caniços onde os pirilampos esvoaçavam.

— Aquela é a nossa estrela! — sussurravam, e se sentiam estranhamente confortados pela doce luminosidade de sua luz.

O professor de matemática acomodou-se em seu gabinete e empurrou os papéis para longe de si. Seus cálculos já estavam concluídos. Num frasco pequeno ainda restava um pouco da droga que o mantivera acordado e ativo durante quatro longas noites. A cada dia, sereno, franco, paciente como sempre, ele deu aula para seus alunos, e imediatamente depois voltava-se para o importante cálculo. Seu rosto estava sério, um pouco abatido e excitado pela ação da droga. Por algum tempo ele pareceu perdido em pensamentos. Depois, dirigiu-se para a janela, e a veneziana subiu com um clique. A meio caminho do céu, pendia a estrela sobre a profusão dos telhados, chaminés e torres da cidade.

Olhou para ela como quem encara os olhos de um inimigo valente.

— Você pode me matar — disse depois de um intervalo. — Mas eu posso controlar você, e todo o universo, com o poder deste pequeno cérebro. Eu não mudaria. Mesmo agora.

Olhou para o pequeno frasco.

— Não será necessário dormir novamente — disse.

No dia seguinte, pontualmente ao meio-dia, ele entrou na sala da aula, depôs seu chapéu no canto da mesa como sempre fazia, e cuidadosamente selecionou um grande pedaço de giz. Era motivo de gracejo entre os estudantes que ele não conseguisse dar aula sem aquele pedaço de giz agitando-se em seus dedos, e uma vez se viu embaraçado ao ser desprovido de sua provisão.

Ele chegou e olhou sob suas sobrancelhas grisalhas para a fileira de rostos jovens erguidos, e falou com sua fraseologia habitual e estudada:

— Surgiram circunstâncias, circunstâncias que estão além do meu controle — disse, e fez uma pausa —, que me impedem de terminar a aula que planejei. Parece, senhores, se posso me expressar de modo claro e breve, que o homem tem vivido em vão.

Os alunos se entreolharam. Eles tinham escutado corretamente? Louco? Sobrancelhas se ergueram e apareceram sorrisos maliciosos, mas um ou dois rostos permaneceram atentos em sua expressão calma e grisalha.

— Será interessante — ele dizia — dedicar esta manhã a uma exposição, tanto quanto eu possa torná-la clara a vocês, dos cálculos que me levaram a uma conclusão. Vamos admitir... — ele voltou-se para o quadro, desenhando um diagrama do modo como fazia habitualmente.

— O que era aquele "vivido em vão?" — cochichou um aluno para o outro.

— Escute — disse o colega, indicando o professor com um gesto de cabeça.

E imediatamente eles começaram a compreender.

Naquela noite, a estrela apareceu mais tarde, pois seu movimento característico para leste a levara por uma rota de Leão a Virgem. Seu brilho era tão intenso que o céu se tornou azul luminoso enquanto ela subia, e toda estrela em seu caminho ficou oculta, com exceção apenas de Júpiter que estava próximo do zênite, Capella, Aldebarã, Sírio e os ponteiros da Ursa. Estava muito branca, e bela. Naquela noite, em muitas partes do mundo um halo pálido a envolvia. Estava visivelmente maior; no claro e refrativo céu dos trópicos, parecia ter quase um quarto do tamanho da lua. Na Inglaterra, o gelo ainda estava no chão, mas o mundo estava excepcionalmente iluminado como uma noite de luar no solstício de verão. Podia-se ler perfeitamente um impresso qualquer sob aquela luz clara e fria e, nas cidades, a luz das lâmpadas estava amarela e fraca.

Em toda parte, o mundo estava acordado naquela noite, e em toda a cristandade um murmúrio sombrio pairava na atmosfera penetrante sobre o campo como os zumbidos das abelhas na urze, e esse alarido rumorejante cresceu até tornar-se um clamor nas cidades. Eram os sinos de um milhão de torres e campanários que badalavam, ordenando a todos que não dormissem mais, não pecassem mais, que se reunissem em suas igrejas e orassem. No alto, tornando-se maior e mais brilhante, erguia-se a deslumbrante estrela enquanto a noite passava e a Terra girava em sua própria rota.

As ruas e as casas estavam iluminadas em todas as cidades, os estaleiros reluziam e todas as vias que levavam aos pontos altos do país ficaram iluminadas e cheias de gente por toda a noite. Em todos os mares em volta das nações civilizadas, navios com máquinas pulsando, navios com as velas infladas e lotados de homens e animais domésticos, partiam rumo ao oceano e ao norte. Pois o aviso do professor de matemática, traduzido em uma centena de línguas, já tinha corrido o mundo por telégrafo. O novo planeta e Netuno em chamas, unidos em um abraço, rodopiavam em disparada, sempre mais e mais velozes na direção do Sol. A cada segundo, essa massa de fogo percorria cento e sessenta quilômetros, e a cada segundo sua velocidade impressionante aumentava. Da forma como avançava no momento, decerto passaria cento e setenta milhões de quilômetros longe da Terra e dificilmente a afetaria. Mas, próximo do seu percurso previsto, ainda que levemente perturbado, o imenso planeta Júpiter e suas Luas giravam em esplêndida órbita em torno do Sol. A cada momento, a atração entre a estrela de fogo e o maior dos planetas ficava mais forte. E o resultado dessa atração? Inevitavelmente Júpiter seria desviado de sua órbita, caindo em uma rota elíptica, e a estrela em combustão, perturbada em sua trajetória para o Sol pela grande atração de Júpiter "descreveria uma órbita curva" e talvez colidisse com nossa Terra, ou certamente passaria muito perto dela. "Terremotos, erupções vulcânicas, ciclones, maremotos, inundações e um aumento constante de temperatura cujo limite desconheço…" assim profetizou o professor de matemática.

No alto, confirmando as palavras dele, ardia solitária, fria e lívida a estrela do juízo final.

Para muitos que à noite ficaram observando fixamente a estrela até os olhos doerem, parecia visivelmente que ela se aproximava. E naquela noite também o tempo mudou, e o gelo, intenso em toda a Europa Central, na França e na Inglaterra diminuía e progredia para o degelo.

Mas não se deve supor que, tendo eu falado de pessoas que faziam orações pela noite afora e de pessoas a bordo de navios e de pessoas que se dirigiam para lugares montanhosos, a estrela já tivesse levado o terror ao mundo todo. Na realidade, os usos e os costumes ainda reinavam no mundo e, com exceção das conversas trocadas nas horas vagas e do resplendor da noite, nove entre dez seres humanos ainda se ocupavam de seus afazeres comuns. Em todas as cidades, as lojas, salvo uma aqui, outra ali, abriam e fechavam em horários normais, o médico e o agente funerário ocupavam-se de seus trabalhos, os operários se reuniam nas fábricas, os soldados treinavam, os estudantes estudavam, os namorados se encontravam, os ladrões espreitavam e fugiam, os políticos elaboravam seus planos. A máquina impressora dos jornais rugia por toda a noite, e muitos dos sacerdotes dessa ou daquela igreja não abriram as portas de seus santuários para promover o que consideravam um pânico insensato. Os jornais insistiam na lição do ano 1000, quando também as pessoas previram o fim do mundo. A estrela não era uma estrela — era um simples gás — um cometa; e

33

se fosse uma estrela, possivelmente podia não atingir a Terra. Não havia nenhum precedente que validasse a ameaça. Isso o senso comum atestava em qualquer parte, desdenhoso, zombeteiro, um tanto inclinado a importunar o medroso obstinado. Naquela noite, às 19h15 pelo fuso horário de Greenwich, a estrela estaria em sua maior proximidade de Júpiter. O mundo veria o rumo que as coisas tomariam. Os avisos sombrios do professor foram considerados por muitos apenas uma autopromoção bem formulada. Em suma, o senso comum expressou, por meio de argumentos inflamados, suas inalteráveis convicções indo dormir. Assim também a barbárie e a selvageria, já cansadas da novidade, cuidavam de seus negócios noturnos e, salvo um cão que uivava aqui e ali, o mundo bestial não fazia caso da estrela.

E ainda, por fim, nas nações europeias, quando os observadores viram a estrela subir — uma hora mais tarde, é verdade —, mas não maior que na noite anterior, havia muitos ainda acordados para rir do professor de matemática, considerando que o perigo já tivesse passado.

Mas depois o riso cessou. A estrela aumentava de hora em hora com uma terrível regularidade, ficava um pouco maior a cada hora, um pouco mais próxima do zênite, à meia-noite, e cada vez mais brilhante, até transformar a noite em um segundo dia. Se tivesse vindo diretamente para a Terra em vez de fazer uma trajetória curva, se não tivesse perdido velocidade pela influência de Júpiter, ela teria atravessado o abismo entre ambos em um dia, mas, tal como ocorreu, a estrela levou cinco dias ao todo para aproximar-se do nosso planeta. Na noite seguinte estava um terço do tamanho da lua antes de se pôr para os olhares ingleses, e o degelo estava firme. Ela surgiu na América quase do tamanho da lua, mas tinha uma luz branca ofuscante para o olhar, e quente; ao seu aparecimento com força redobrada veio junto um sopro de ar quente, e na Virgínia, no Brasil e no Vale de St. Lawrence brilhava intermitentemente entre vapores de nuvens carregadas, trovoadas, relâmpagos violáceos tremeluzentes e chuva de granizo nunca vistos. Em Manitoba houve degelo e inundações devastadoras. Nas montanhas, a neve e o gelo começaram a derreter naquela noite e todos os rios provenientes das regiões altas fluíram cheios e barrentos, e logo suas correntezas mais altas trouxeram árvores, corpos de homens e animais em redemoinho. Eles emergiam continuamente, na luminosidade perenemente fantasmagórica, e aos poucos ancoravam por fim nas margens, atrás da população que fugia de seus vales.

Ao longo do litoral argentino e em todo o Atlântico Sul as marés estavam altíssimas como nunca estiveram na memória do homem. As tempestades impeliam as águas adiante muitos quilômetros adentro dos países, afogando cidades inteiras. O calor aumentou tanto durante a noite que o nascer do sol foi como a vinda de uma sombra. Os terremotos irromperam e aumentaram até que em toda a América, desde o Círculo Polar Ártico até o Cabo Horn, encostas deslizavam, fissuras se abriam, casas e muros desabavam. Um lado inteiro do Cotopaxi desmoronou em uma grande convulsão, um jorro de lava foi lançado a uma enorme altura e por uma grande extensão, tão rápido liquefeito, que alcançou o mar em apenas um dia.

Assim a estrela, com a pálida lua em seu rastro, marchava através do Pacífico, arrastava temporais como a bainha de um roupão e a maré crescente avançava atrás dela, espumante e impetuosa, invadindo ilhas e ilhas, varrendo-as e limpando-as dos homens. Por fim, a onda veio, em uma luz ofuscante e o hálito de uma fornalha, chegou veloz e terrível; uma muralha de água da altura de quinze metros, ribombando esfomeada ao longo da ampla costa asiática e varrendo o continente através das planícies da China. Por um curto tempo, a estrela — agora mais quente, maior e mais brilhante que o Sol em sua força — expôs com impiedosa luminosidade o grande e populoso país; cidades e povoações com seus pagodes e árvores, estradas, extensos campos cultivados, milhões de pessoas insones que fitavam o céu em brasa com um terror impotente; então, baixo e crescente veio o murmúrio das águas. Assim aconteceu com milhões de homens naquela noite: uma fuga sem destino, com os membros oprimidos pelo calor, respiração penosa e ofegante, e a muralha de água atrás, veloz e prateada. E depois, a morte.

A China brilhava numa luz branca incandescente, mas sobre o Japão, Java e em todas as ilhas do Leste Asiático a grande estrela era uma bola de fogo vermelha e baça, porque os vulcões em erupção anunciavam sua vinda expelindo vapor, fumaça e cinzas ao longe. Acima estava a lava, os gases quentes e as cinzas;

embaixo, o caos das inundações, e toda a Terra se agitava e ribombava com o impacto dos terremotos. As neves imemoriais do Tibete e do Himalaia estavam derretendo, afluíam por dez milhões de canais escavados nas planícies da Birmânia e do Hindustão. As copas emaranhadas das florestas indianas estavam em chamas em mil lugares, e embaixo as águas revoltas em volta dos troncos esboçavam perfis negros que ainda lutavam debilmente e refletiam línguas de fogo rubro. Na desorientada confusão, uma multidão de homens e mulheres fugiu descendo pelo grande rio, rota para a última e única esperança da humanidade — o oceano.

A estrela, então, ficou imensa, e maior, mais quente e mais brilhante com uma terrível velocidade. O oceano tropical tinha perdido sua fosforescência, o remoinho de vapores erguia-se em uma espiral fantasmagórica vinda das negras ondas que se quebravam continuamente, cobertas de navios sacudidos pela tempestade.

Então sobreveio o espanto. Para aqueles que na Europa esperavam o nascer da estrela, parecia-lhes que a rotação do mundo tinha cessado. As pessoas que tinham fugido das inundações, casas desabadas, deslizamento das encostas, para os milhares de espaços abertos nas terras altas e baixas, ficaram ali em vão para ver a estrela nascer. Hora após hora passadas em terrível suspense e a estrela não ressurgia. Uma vez mais, a humanidade erguia os olhos para as velhas constelações que tinha considerado perdidas para sempre. Na Inglaterra o céu estava claro e quente, embora o chão tremesse incessantemente, mas nos trópicos, Sírio, Capella e Aldebarã apareceram através de um véu de vapor. E quando, por fim, a grande estrela surgiu, aproximadamente dez horas mais tarde, o sol ergueu-se junto dela e havia em seu centro branco um disco negro.

Foi na Ásia que a estrela começou a atrasar em relação ao movimento celeste, e subitamente, enquanto estava sobre a Índia, sua luminosidade ficou encoberta. Toda a planície costeira da Índia, desde a foz do Indo até a foz do Ganges, era um devastado baixio de água luzidia aquela noite, do qual surgiam templos e palácios, colinas e montes repletos de gente. Todos os minaretes estavam lotados de pessoas; elas caíam uma após outra dentro das águas barrentas à medida que eram dominadas pelo calor e pelo terror. Toda a região parecia lamentar e, repentinamente, ali naquela fornalha de desespero uma sombra se estendeu, soprou um vento frio, veio um ajuntamento de nuvens, além de um ar refrescante. Os homens olharam para o alto, quase cegos, olharam para a estrela e viram que um disco negro se movia através da luz. Era a lua que vinha interposta entre a estrela e a Terra. E enquanto os homens clamavam a Deus diante desse alívio, surgiu no leste o sol movendo-se com uma estranha e inexplicável velocidade. E então a estrela, o sol e a lua avançaram juntos pelos céus.

Nesse momento, para os observadores europeus, a estrela e o sol ergueram-se no céu juntos um do outro, avançaram rapidamente por algum tempo, depois tornaram-se mais lentos e por fim detiveram-se, unindo-se estrela e sol em um só clarão de luz no zênite. A lua não mais ocultou a estrela, mas então já não estava mais visível no grande esplendor que tomou o céu. Embora aqueles que ainda estavam vivos considerassem o fenômeno em grande parte com aquela estupidez rude que a fome, a fadiga, o calor e o desespero geram, havia outros que conseguiam perceber o significado daqueles sinais. Estrela e Terra, ao alcançarem entre si maior proximidade, ficaram ambas abaladas, e a estrela havia passado. Já estava recuando, cada vez mais veloz, ao último estágio de sua rápida viagem rumo ao Sol.

Então as nuvens se juntaram e ocultaram o céu, trovões e relâmpagos teciam um manto em volta do mundo; por toda a Terra desabavam chuvas torrenciais como jamais a humanidade havia visto; desciam rios de lava dos vulcões que expeliam chamas rubras contra o dossel de nuvens. Em toda parte as águas varriam o solo, deixando para trás ruínas enlameadas. A Terra, invadida de lixo com tudo que boiava, parecia uma praia arrasada: corpos mortos de homens e seus filhos, de animais e seus filhotes. Durante muitos dias a torrente de águas escoou, varrendo terra, árvores e casas que estivessem no caminho, empilhando enormes diques e escavando imensos barrancos por todo o território. Assim, transcorreram esses dias de escuridão que se seguiram depois que a estrela e o calor passaram. Os terremotos permaneceram ainda por muitas semanas e meses.

Mas a estrela havia passado. A humanidade, impulsionada pela fome, lentamente reuniu coragem e pôde arrastar-se de volta a suas cidades arruinadas, armazéns soterrados e campos devastados. Igualmente, os poucos navios que escaparam da tormenta daqueles dias retornaram danificados e com dificuldade, sondando cuidadosamente o rumo através dos novos marcos e baías nos portos antigamente tão familiares. Depois que passou a tempestade, a humanidade percebeu que em toda parte os dias tornaram-se mais quentes, o sol havia ficado maior e a lua diminuíra para um terço do seu tamanho. Seu ciclo durava agora oitenta dias de uma fase nova a outra.

Mas esta história não falará da nova fraternidade que então surgiu entre os homens, das leis, dos livros e das máquinas que foram salvos, da estranha mudança que ocorreu na Groelândia, na Islândia e nas praias da Baía de Baffin; do modo como os marinheiros, ao chegarem lá, descobriram que estavam verdes e graciosas, e que mal puderam acreditar em seus olhos. Também não falará do deslocamento da humanidade para o norte e o sul, na direção dos polos diante do aquecimento da Terra. Esta história trata apenas da chegada e passagem da estrela.

Os astrônomos marcianos — pois existem astrônomos em Marte, embora sejam criaturas muito diferentes do ser humano — estavam, claro, profundamente interessados no fato. Naturalmente, viram esses acontecimentos através de seu próprio ponto de vista. "Considerando a massa e a temperatura do projétil lançado através do nosso sistema solar", um deles escreveu, "é surpreendente que a Terra, quase atingida pelo projétil, tenha sofrido um dano tão insignificante. Toda a área continental conhecida e a maioria dos mares permaneceram intactos, e, de fato, a única diferença parece estar no encolhimento da mancha branca (supostamente produzida por gelo) em volta de ambos os polos", o que mostra apenas como pode parecer pequena a maior das catástrofes humanas a uma distância de poucos milhões de quilômetros.

ARM
O SO

AGEDDON: NHO

H. G. Wells

Tradutora: Vilma Maria da Silva

O homem de tez pálida entrou no vagão em Rugby. Movia-se lentamente, apesar da urgência do guia que o auxiliava. Mesmo enquanto ele estava na plataforma, percebi sua aparência enfermiça. Ele se deixou cair com um suspiro num canto diante de mim, tentou sem sucesso arrumar seu xale de viagem e ficou imóvel olhando fixamente o vazio. Neste momento, se interessou ao sentir-se observado por mim, fitou-me e esticou uma mão desanimada em direção ao seu jornal. Então olhou de novo em minha direção.

Eu fingi estar lendo. Temi tê-lo envergonhado involuntariamente, e um instante depois fiquei surpreso ao ouvi-lo falar.

— Perdão? — eu disse.

— Esse livro — ele repetiu, apontando com o dedo esquálido — é sobre sonhos.

— Obviamente — respondi, pois o título que estava na capa era *Estados dos sonhos*, de Fortnum Roscoe.

Guardou silêncio por um momento como se procurasse as palavras.

— Sim — disse por fim — mas não lhe contam nada.

Por um segundo, não compreendi o que ele queria dizer.

— Eles não sabem — acrescentou.

Olhei mais atentamente para seu rosto.

— Há sonhos e sonhos — disse ele.

Eu nunca discuto com esse tipo de argumento.

— Acredito eu — disse hesitando. — Você já sonhou? Quero dizer, vividamente.

— Eu sonho muito pouco — respondi. — Duvido que chegue a três sonhos vívidos em um ano.

— Ah! — disse, e por um momento pareceu ordenar seus pensamentos — Seus sonhos não se misturam com suas memórias? — perguntou abruptamente — Você não tem dúvidas sobre se aquilo de fato aconteceu?

— Quase nunca. Exceto apenas por uma hesitação momentânea de vez em quando. Acredito que poucas pessoas duvidem.

— Ele o diz...? — indicou o livro.

— Diz que isso acontece às vezes e dá a explicação habitual sobre a intensidade da impressão e coisas do tipo para explicar que isso não acontece como regra. Devo supor que você saiba algo sobre estas teorias.

— Muito pouco, exceto que estão equivocadas.

Sua mão macilenta brincou com a alça da janela por um momento. Preparei-me para retomar a leitura, e isso pareceu precipitar sua observação seguinte. Ele inclinou-se em minha direção como se fosse me tocar.

— Não há algo chamado de sonhos consecutivos... que se repetem noite após noite?
— Acredito que sim. Dão exemplos desses casos na maioria dos livros sobre problemas mentais.
— Problemas mentais! Sim. Atrevo-me a dizer que existem, e esse é o lugar apropriado para eles. Contudo, o que eu quero dizer... — respondeu olhando para as juntas ossudas dos seus dedos. — Tal ocorrência é sempre sonho? É sonho ou é algo mais? Não poderia ser outra coisa?
Eu deveria ter ignorado sua conversa persistente pela ansiedade traçada em seu rosto. Lembro-me agora da expressão de seus olhos exânimes e das pálpebras avermelhadas — talvez você conheça este aspecto.
— Eu não estou apenas discutindo a respeito de opinião — disse ele. — É algo que está me matando.
— Sonhos?
— Se você quiser chamá-los de sonhos. Noite após noite. Vívidos!... Tão vívidos... Que isso... — ele indicou a paisagem que desfilava pela janela — parece irreal em comparação! Dificilmente consigo lembrar quem eu sou, ou quais são minhas atividades...
Fez uma pausa.
— Mesmo agora...
— É sempre o mesmo sonho, você quer dizer? — perguntei.
— Acabou.
— Como?
— Eu morri.
— Morreu?

— Esmagado e destruído, e agora grande parte de mim morreu, tanto quanto está morto o que no sonho fui. Morto para sempre. Eu sonhei que era outro homem vivendo em outra parte do mundo e em um tempo diferente, entende? Sonhava isto noite após noite. Noite após noite despertava naquela outra vida. Cenas inéditas e novos acontecimentos... até chegar ao último...

— O dia em que você morreu?

— Sim, o dia em que morri.

— E desde então...

— Não — disse — Graças a Deus! Esse foi o final do sonho...

Estava claro que ia me relatar o sonho. Afinal de contas, eu tinha uma hora pela frente, a luz estava se desvanecendo rapidamente e Fortnum Roscoe estava monótono.

— Vivendo em um tempo diferente — eu disse —, você quer dizer em uma época diferente?

— Sim.

— No passado?

— Não, ainda por vir... ainda por vir.

— No ano três mil, por exemplo?

— Não sei que ano era. Eu sabia quando estava dormindo, quando estava sonhando, mas agora... agora que estou acordado, não sei. Há muitas coisas que eu esquecia quando despertava desses sonhos, embora as soubesse quando estava... Suponho que estava sonhando. Eles nomeavam o ano de forma diferente da nossa... Como eles chamavam o ano?

— perguntou colocando a mão na testa. — Não — disse —, esqueci.

Recolheu-se em um débil sorriso. Por um instante temi que ele não tivesse intenção de me contar o seu sonho. Em geral, eu detestava que as pessoas contassem seus sonhos, porém este me atingiu de modo diferente. Até ofereci ajuda.

— Começava... — eu sugeri.

— Era vívido desde o início. Parecia que eu despertava dentro dele repentinamente. É curioso que nestes sonhos que estou lhe contando, eu nunca lembrava a vida que estou vivendo agora. Parecia que a vida do sonho era suficiente enquanto durava. Talvez... mas vou lhe contar como me vejo quando faço o possível para me lembrar de tudo. Não me lembro de nada claramente até me encontrar sentado em uma espécie de pórtico, olhando para o mar. Eu estava cochilando e de repente acordo nem um pouco onírico, senão revigorado e vívido, porque a jovem tinha parado de me abanar.

— A jovem?

— Sim, a jovem. Você não deve me interromper, do contrário me tirará o foco.

Ele parou abruptamente e disse:

— Você não pensará que enlouqueci?

— Não — respondi. — Você tem sonhado. Conte-me seu sonho.

— Acordei porque, como lhe disse, a jovem tinha parado de me abanar. Não estava surpreso por me encontrar ali ou algo parecido, entenda bem. Não senti que do nada tinha aparecido naquele lugar. Simplesmente, retomava naquele ponto. Toda memória que eu tivesse desta vida, desta vida do século XIX, desapareceu quando eu acordei, desvaneceu como um sonho. Sabia tudo sobre mim, sabia que o meu nome não era mais Cooper e sim Hedon, como também sabia tudo a respeito da minha posição no mundo. Tenho esquecido bastante desde que acordei... falta conexão... porém era tudo completamente claro e óbvio, então.

Ele hesitou novamente, agarrou-se à alça da janela, jogou seu rosto para a frente e olhou para mim de forma apelativa.

— Isso lhe parece absurdo?

— Não, não! — exclamei — Continue. Conte-me como era esse pórtico!

— Não era exatamente um pórtico, não sei como chamá-lo. Estava virado para o sul. Era pequeno e estava todo na penumbra, exceto o semicírculo acima da sacada que deixava ver o céu, o mar e o canto onde a jovem estava. Eu descansava em um sofá... era um sofá de metal com almofadas listradas em tom claro... A moça debruçava-se sobre a sacada de costas para mim. A luz do sol nascente caía sobre sua orelha e bochecha. Seu lindo e alvo pescoço, os pequenos cachos que ali se aninhavam, e seu ombro alvo estavam ao sol, e toda a graça de seu corpo estava na fria sombra azul. Ela estava vestida... Como posso descrevê-la? Simples e esvoaçante. Estava inteira ali, e me dei conta de como era bonita e desejável, como se a visse pela primeira vez. E quando finalmente suspirei e me apoiei no braço para me levantar, ela virou o rosto na minha direção.

Ele fez uma pausa.

— Vivi cinquenta e três anos neste mundo. Tive mãe, irmãs, amigas, esposa e filhas... todos os rostos, os traços de seus rostos, eu conheço. Mas o rosto dessa jovem... é muito mais real para mim. Posso trazê-lo de volta à memória e vê-lo de novo... poderia desenhá-lo ou pintá-lo. E depois de tudo...
Ele fez uma pausa, mas eu nada disse.
— O rosto de um sonho... o rosto de um sonho. Era linda. Não aquela beleza que é terrível, fria e reverente, como a beleza de uma santa; nem aquela beleza que desperta fortes paixões; mas uma espécie de irradiação, lábios doces que se suavizavam em sorrisos, e olhos cinzentos, sérios. Movia-se graciosamente, e parecia fazer parte de todas as coisas agradáveis e graciosas...
Deteve-se, e seu rosto estava abatido e encoberto. Então olhou para mim e continuou, sem mais tentativas de disfarçar que estava absolutamente convencido de que sua história era real.
— Veja bem, eu tinha desistido de meus projetos e ambições, por ela joguei fora tudo o que já havia desejado e alcançado. Eu tinha sido um homem importante lá no norte, tinha influência, propriedades e uma ótima reputação, mas nada disso parecia ter mais valor do que ela. Cheguei ao lugar, a essa Cidade dos Prazeres ao sol com ela, e deixado todas essas coisas desabarem e se arruinarem só para salvar ao menos o que restava da minha vida. Tinha me apaixonado antes mesmo de saber se ela tinha algum interesse por mim, antes de eu imaginar se ela ousaria... se deveríamos ousar, toda a minha vida parecera vã e vazia, pó

e cinzas. Só poeira e cinzas. Noite após noite e durante longos dias eu tinha almejado e ansiado... minha alma tinha se torturado diante do fato proibido!

"Mas é impossível para um homem explicar a outro essas coisas. É uma emoção, é um tom, uma luz que vai e vem. Só enquanto estou lá, tudo se transforma, tudo. O caso é que me afastei e os deixei em meio a uma crise para tentarem resolver."

— Quem você deixou? — perguntei intrigado.

— As pessoas lá no norte. Veja bem... Nesse sonho, de alguma maneira... eu era um homem importante, o tipo de homem em quem os homens confiam e em volta do qual se reúnem. Milhões de homens que nunca me haviam visto estavam prontos a realizar coisas e arriscar outras devido a sua confiança em mim. Eu vinha me aplicando a esse jogo há anos, aquele grande jogo laborioso, aquele jogo político, dúbio e monstruoso em meio a intrigas e traições, discurso e agitação. Era um mundo vasto e tempestuoso, e finalmente fui o chefe diante da Gangue... Chamava-se a Gangue... um tipo de consenso entre projetos infames e ambições comuns, inumeráveis estupidezes emocionais públicas e palavras de ordem... A Gangue que mantinha o mundo cego e barulhento ano após ano, ao tempo que tudo aquilo estava à deriva, navegando em direção a um imenso desastre. Mas não posso pretender que você entenda as nuances e as complicações desse ano... um ano, de qualquer modo, situado num tempo vindouro. No meu sonho eu o tinha todo... até os mínimos detalhes... Suponho que estava sonhando sobre isso antes de acordar, e imaginei o esboço desbotado de algum desfecho novo e esquisito ainda pairando sobre mim enquanto esfregava meus olhos. Era uma história desprezível que me fez agradecer a Deus pela luz do sol. Sentei-me no sofá e permaneci olhando com alegria para a mulher... Me alegrei por ter saído de todo aquele tumulto, violência e desvario antes que fosse tarde demais. Afinal de contas, pensei, isto é vida... amor e beleza, desejo e prazer; não valem mais que todas aquelas lutas deploráveis por objetivos titânicos e obscuros? E me culpei por alguma vez ter pensado em ser um líder quando poderia ter doado meus dias ao amor. Mas então, pensei, se eu não tivesse passado meus dias juvenis com severidade e austeridade, poderia ter me consumido com mulheres vãs e indignas e, ao pensá-lo, todo o meu ser expandiu-se em amor e carinho pela minha querida senhora, minha querida dama, que finalmente veio e me cativou... impeliu-me o seu feitiço irresistível a deixar aquela vida de lado.

"'Você vale a pena', disse falando sem intenção de que ela ouvisse, 'você vale a pena, minha mais prezada; vale orgulho e louvor e todas as coisas. Amor! Ter você faz valer tudo isso junto', e ao murmúrio da minha voz ela se virou.

"'Venha e veja', ela me suplicou... Posso ouvi-la agora mesmo... 'Venha ver o nascer do sol sobre o Monte Solaro'.

"Lembro-me como de um só pulo me juntei a ela na sacada. Ela apoiou uma de suas alvas mãos no meu ombro e apontou para as grandes massas de calcário que resplandeciam como se tivessem vida. Eu olhei. Mas primeiro notei a luz do sol em seu rosto acariciando as linhas de suas bochechas e seu pescoço. Como posso descrever a cena que tivemos ante nós? Estávamos em Capri..."

— Já estive lá — eu disse — subi o Monte Solaro e no topo bebi um verdadeiro Capri... algo turvo como a cidra.

—Ah! — disse o homem de rosto pálido — então, talvez, você saberá me dizer... se era de fato Capri. Pois nesta vida eu nunca estive lá. Deixe-me descrevê-la. Estávamos em uma pousada, num dos múltiplos salõezinhos, muito frescos e ensolarados, escavados no calcário em uma espécie de promontório muito acima do mar. A ilha inteira, entenda, era um enorme hotel, um complexo além da explicação, e do outro lado havia quilômetros de hotéis flutuantes e enormes plataformas, também flutuantes, onde as máquinas voadoras pousavam. Eles a chamavam de Cidade dos Prazeres. É claro que não havia nada disso em sua época... Mais apropriadamente devo dizer, não há nada disso agora. Claro. Agora!... Sim.

"Bem, nosso salãozinho estava na extremidade do promontório, de modo que era posível olhar para o leste e para o oeste. Ao leste havia um grande penhasco... talvez com trezentos metros de altura... de um cinza frio, exceto por uma borda brilhante de ouro; além dele estava a Ilha das Sereias e uma encosta que se esmorecia e parecia penetrar no quente nascer do sol. E para o oeste, a curta distância via-se nitidamente uma pequena baía, uma pequena praia ainda na sombra. E daquela sombra se erguia ereto o altaneiro Solaro, coroado de rubor e ouro como uma beleza entronizada; a lua branca flutuava detrás no céu. Diante de nós, de leste a oeste, estendia-se um mar com muitos matizes, pontilhado de pequenos barcos a vela.

"Para o leste, claro, esses barcos eram cinzentos, minúsculos e nítidos, mas para o oeste eram barquinhos de ouro... ouro brilhante... quase como pequenas chamas. E logo abaixo de nós havia uma pedra escavada em arco. A água azul do mar quebrava-se verdejante, espumava ao redor da rocha e uma galé deslizava para fora do arco."

— Conheço essa rocha — eu disse — quase me afoguei lá. Os Faraglioni, é como a chamam.

— I Faraglioni? Sim, ela a chamou assim — respondeu o homem de rosto pálido. — Contava-se uma história... Mas isso...

Colocou a mão na testa novamente:

— Não — ele disse —, eu esqueço essa história.

"Bem, essa é a primeira coisa de que me lembro, foi o primeiro sonho que tive. Aquele salãozinho em sombra, o magnífico ar e belo céu e aquela minha preciosa dama, com seus braços reluzentes e sua graciosa túnica, a maneira como nos sentávamos e conversávamos meio sussurrantes um para o outro. Sussurrávamos não porque houvesse alguém para ouvir, mas porque havia tanta espontaneidade entre nós que nossos pensamentos estavam como que espantados, penso eu, de se encontrarem enfim em palavras. Então elas saíam suavemente.

"Sentimos fome e saímos do nosso salãozinho. Fomos por uma estranha passagem cujo piso se movia, até que chegamos ao salão do café... havia ali uma fonte e escutava-se música. Era um lugar agradável e alegre; acompanhava-nos a luz do sol, os respingos de água e a música dos instrumentos de corda. Sentamos e comemos sorrindo um para o outro, sem que eu prestasse atenção a um homem que me observava de uma mesa próxima.

"Depois, fomos para o salão de dança, porém não posso descrever esse salão. O lugar era enorme... maior do que qualquer construção que você já viu... e num determinado lugar via-se o velho portão de Capri engastado à parede de uma galeria superior. Vigas leves, ramos e fios de ouro brotavam dos pilares como fontes que fluíam tal como uma aurora através do telhado e se entrelaçavam como... como truques de magia. O grande círculo para os dançarinos parecia inteiramente coberto de lindas figuras, dragões estranhos, objetos grotescos, intricados e maravilhosos que sustentavam os lustres. O lugar estava inundado de luz artificial que envergonhava o dia recém-nascido. Enquanto passávamos pela multidão, as pessoas se viravam e olhavam para nós, pois meu nome e rosto eram conhecidos em todo o mundo, também sabiam que eu tinha jogado fora o orgulho e que tinha lutado para chegar àquele lugar. Também olhavam para a dama ao meu lado, embora metade da história de como ela finalmente havia entrado em minha vida fosse desconhecida ou mal contada. Alguns dos homens que ali estavam, eu sei, julgavam-me um homem feliz, apesar de toda vergonha e desonra que tinham recaído sobre meu nome.

"O ar estava repleto de aromas harmoniosos, música, ritmo e belos movimentos. Milhares de pessoas bonitas animavam o salão, enchiam as galerias, sentavam-se em uma infinidade de recantos; vestiam cores esplêndidas e estavam coroadas de flores; milhares dançavam ao redor do grande círculo sob as imagens brancas dos antigos deuses, e gloriosas procissões de jovens e donzelas iam e vinham. Nós dois dançamos, não as tristes monotonias dos seus dias... do tempo atual, quero dizer... mas belas e inebriantes danças. E mesmo agora posso ver minha dama dançando... dançando alegremente. Ela dançava, sabe, com um rosto sério; ela dançava portando uma séria dignidade, e ainda assim ela sorria para mim e me acariciava... sorria e me acariciava com o seu olhar.

"A música era diferente" ele murmurou. "Era... Não consigo descrevê-la; mas era infinitamente mais rica e mais variada do que qualquer música que alguma vez eu tenha escutado desperto.

"E então... foi quando tínhamos acabado de dançar que um homem acercou-se para falar comigo. Era um homem magro e de porte decidido, sobriamente vestido para aquele lugar; o seu rosto já estava na minha memória desde quando o percebi me observando no salão do café, e depois, quando atravessávamos a passagem, eu tinha evitado seus olhos. Mas agora, assim que nos sentamos em uma alcova, sorrindo de satisfação diante de todas aquelas pessoas andarilhando pelo brilhante salão de um lado para o outro, ele veio, tocou-me e falou comigo, de modo que fui forçado a ouvir. Perguntou se poderia falar comigo em particular.

"'Não', disse-lhe. 'Não tenho segredos com esta dama. O que você quer me dizer?'

"Ele disse que era um assunto trivial, mas um tanto indelicado para uma dama ouvir.

"'Talvez para eu ouvir', respondi.

"Ele a olhou de relance, quase que apelando com os olhos. Então, de repente, me perguntou se eu tinha ouvido falar de uma grande declaração de vingança que Evesham havia feito. Evesham era o homem que sempre estivera ao meu lado na liderança daquela grande facção do norte. Ele era um homem rigoroso, severo e sem tato, e somente eu tinha sido capaz de controlá-lo e abrandá-lo. Foi por sua causa, ainda mais do que por minha, penso eu, que os outros ficaram tão desanimados com o meu afastamento. Por isso a pergunta e o que ele tinha falado reacenderam, só por um momento, meu velho interesse pela vida que eu tinha deixado para trás.

"'Não tenho prestado atenção a nenhuma notícia há muitos dias', eu disse. 'O que Evesham tem falado?'

"Em seguida, o homem começou, com boa vontade, a me dar informações, e devo confessar que até mesmo eu fiquei chocado com o desvario de Evesham pelas palavras imprudentes e ameaçadoras que ele havia empregado. Esse mensageiro enviado por eles não somente me contou sobre a declaração de Evesham, como também pediu conselhos e apontou a necessidade que teriam da minha presença. Enquanto ele falava, minha dama sentou-se meio inclinada observando seu rosto e o meu.

"Reafirmaram-se meus velhos hábitos de planejar e organizar. Subitamente, até fui capaz de me ver voltando para o norte, com todo o efeito dramático que causaria. Tudo o que esse homem disse testemunhava realmente a desordem do partido, mas não a sua extinção. Eu voltaria mais forte do que antes. E então pensei na minha dama. Entenda... como posso lhe explicar? Existiam certas peculiaridades no nosso relacionamento... do jeito que as coisas são não preciso lhe contar... faria a presença dela ao meu lado impossível. Eu teria de deixá-la; na verdade, teria de renunciar a ela clara e abertamente se eu fosse fazer tudo o que devia ser feito no norte.

"E o homem sabia que, mesmo enquanto conversava com ela e comigo, sabia tão bem quanto ela, que se eu tomasse o caminho do dever viria... primeiro, a separação, depois, o abandono. Ao vislumbre desse pensamento, meu sonho de um retorno se estilhaçou. Repentinamente eu me virei para o homem, enquanto ele imaginava que sua eloquência estava ganhando terreno.

"'O que eu tenho a ver com essas coisas agora?', perguntei. 'Rompi com eles. Acha que estou almejando a admiração da sua gente para você vir até aqui?'

"'Não', ele disse. 'Contudo...'

"'Por que não me deixa em paz? Eu enterrei esses assuntos. Abandonei tudo, e sou apenas um homem de vida retirada.'

"'Sim', ele respondeu, 'mas você tem pensado?... nessa conversa de guerra, nesses desafios inconsequentes, nessas agressões selvagens...'

"Eu fiquei em pé.

"'Não', bradei. 'Não vou escutá-lo. Já avaliei tudo isso, coloquei na balança... e decidi me afastar.'

"Ele pareceu considerar a possibilidade de insistir. Lançou um olhar para mim e outro para onde a dama, sentada, nos observava.

"'Guerra', ele disse, como se estivesse falando para si mesmo, e então virou-se lentamente de costas e partiu.

"Eu fiquei ali, apanhado pelo turbilhão de pensamentos que seu apelo havia desencadeado.

"Ouvi a voz da minha senhora.

"'Querido', ela disse, 'mas se eles precisam de você...'

"Ela não terminou a frase, fez silêncio. Me virei para o seu rosto doce, e o equilíbrio das minhas emoções oscilou e cambaleou.

"'Eles só me querem para fazer aquilo que eles próprios não se atrevem', eu disse. 'Se eles desconfiam de Evesham, devem resolver com ele.'

"Ela me olhou com ar dubitativo.

"'Mas guerra...', ela disse.

"Vi uma dúvida em seu rosto que já tinha visto antes, uma dúvida relativa a si mesma e a mim, a primeira sombra da descoberta que, examinada a fundo e completamente, nos separaria para sempre.

"Ora, eu tinha uma mente mais madura do que a dela, e poderia convencê-la a acreditar nisso ou naquilo.

"'Minha querida', disse-lhe, 'você não deve se preocupar com esses assuntos. Não haverá guerra.

Certamente, não haverá. A época das guerras já passou. Confie em mim para reconhecer aquilo que é justo neste caso. Eles não têm direito sobre mim, minha amada, ninguém tem direito sobre mim. Eu tenho liberdade para escolher minha vida e é isto que escolhi.'

"'Mas guerra...', ela disse.

"Sentei-me ao seu lado. Envolvi seus ombros com um braço e peguei sua mão. Eu me preparei para afastar essa dúvida... me preparei para preencher sua mente com assuntos agradáveis novamente. Menti para ela e, ao fazê-lo, também estava mentindo para mim mesmo. E ela já estava predisposta a acreditar em mim, pronta para esquecer.

"A sombra rapidamente desapareceu e estávamos nos apressando para o nosso balneário na Grotta del Bovo Marino, onde era nosso costume tomar banho todos os dias. Nadamos e nos salpicamos de água, e naquela água flutuante eu parecia tornar-me algo mais leve e mais forte do que um homem. Por fim saímos gotejantes e alegres e corremos entre as rochas. Depois coloquei um traje de banho seco e nos sentamos para aproveitar o sol; então me inclinei, descansando a cabeça sobre seu joelho. Ela acariciou meus cabelos suavemente e cochilei. E pasme! Como o estalido da corda de um violino que se parte, despertei, e estava na minha própria cama em Liverpool, na vida atual.

"Por um instante, eu não pude acreditar que todos esses momentos vívidos não tinham sido mais do que o conteúdo de um sonho.

"Na verdade, eu não podia acreditar que fosse um sonho, apesar de toda a realidade lúcida que me cercava. Tomei banho e me vesti como de hábito, e ao fazer a barba me perguntei por que eu, de todos os homens, teria que deixar a mulher que amava para voltar à quimérica política no árduo e extenuante norte. Mesmo se Evesham tivesse forçado o mundo a voltar à guerra, o que isso representava para mim? Eu era um homem com coração de homem, por que deveria eu carregar a responsabilidade de uma divindade pelo que viria acontecer no mundo?

"Entenda que não é bem assim que eu penso sobre meus assuntos na vida real. Sou advogado, sabe, com opiniões formadas.

"A visão era tão real, você tem de entender. Tão completamente diversa de um sonho que, de modo constante, tenho lembranças de detalhes irrelevantes; até mesmo a ilustração da capa do livro sobre a máquina de costura da minha esposa, na sala do chá, lembrava com a maior vivacidade a linha dourada que cingia a cadeira na alcova onde eu tinha conversado com o mensageiro sobre a minha deserção do grupo. Você já ouviu falar antes de um sonho que tivesse essas características?"

— Quais...?

— Como esta de se lembrar depois do sonho pequenos detalhes que havia esquecido.

Pensei. Eu nunca tinha considerado esse pormenor antes, mas ele estava certo.

— Nunca — respondi — Isso é algo que nunca parece acontecer com sonhos.

— Não — ele disse — Pois isso é exatamente o que aconteceu comigo. Eu sou um advogado, você tem de entender, em Liverpool, e não pude deixar de imaginar o que os clientes e as pessoas de negócios com quem eu me relaciono no escritório pensariam se repentinamente lhes contasse que estava apaixonado por uma jovem que nasceria daqui a duzentos anos mais ou menos, e me preocupava com a política de meus tataranetos. Minha ocupação principal naquele dia era negociar um contrato de locação de um edifício de noventa e nove anos. Era um construtor particular agitado, e queríamos segurá-lo de todas as maneiras possíveis. Tive uma entrevista com ele, e ele mostrou uma tal falta de equilíbrio que eu ainda estava irritado quando fui para a cama. Naquela noite não tive nenhum sonho. Nem na noite seguinte, que eu me lembre.

"A convicção daquela intensa realidade passou a extinguir-se. Comecei a ter certeza de que aquilo era um sonho. E então voltou.

"Quando o sonho retornou, depois de quase quatro dias, foi muito diferente. Tenho certeza de que quatro dias também tinham transcorrido no sonho. Muitas coisas tinham acontecido no norte, e a sombra desses acontecimentos estava mais uma vez entre nós, e desta vez não se dissiparia facilmente. Sobretudo, sei que comecei a ficar mal-humorado. Por que, apesar de tudo, deveria voltar? Voltar para trabalhar e me estressar pelo resto dos meus dias, com insultos e insatisfação perpétua, tão somente para salvar centenas de milhões de pessoas comuns, a quem eu não amava;

para quem, com muita frequência, nada podia fazer senão desprezar, a tensão, a angústia da guerra e o mau governo? E apesar de tudo, eu poderia falhar. Todos eles visavam seus próprios interesses e por que eu não deveria... Por que eu não deveria também viver como homem? E de tais pensamentos, a voz dela me resgatou e eu abri meus olhos.

"Achei-me acordado e andando. Saímos da Cidade dos Prazeres; estávamos perto do cume de Monte Solaro e mirávamos a baía. Era um final de tarde muito claro. Longe, à esquerda, Ísquia flutuava em uma neblina dourada entre o mar e o céu. Nápoles surgia em sua brancura gélida contra as colinas, e diante de nós estava o Vesúvio com um tufo alto e delgado que se voltava, por fim, para o sul, e próximo a nós brilhavam as ruínas da Torre dell'Annunziata e Castellammare."

Subitamente o interrompi:

— Você já esteve em Capri, sim?

— Apenas neste sonho — disse ele —, apenas neste sonho. Por toda a baía além de Sorrento, os palácios flutuantes da Cidade dos Prazeres estavam ancorados e acorrentados. E para o norte, as amplas plataformas flutuantes que recebiam os aviões. Aeroplanos arribavam do céu todas as tardes, cada um trazendo seus milhares de buscadores de prazer desde os pontos mais remotos do planeta até Capri e suas delícias. Tudo isso, como lhe disse, se descortinava bem abaixo de nós.

"Mas só os notamos incidentalmente pelo panorama incomum que aquela noite apresentava. Cinco aviões de guerra, que ficaram inativos durante um longo tempo nos distantes arsenais de Rhinemouth, estavam em manobra a leste no céu. Evesham havia deixado o mundo perplexo exibindo esses e outros aviões, fazendo-os circular aqui e ali. Era a ameça material no grande lance de provocações que ele estava jogando, e havia me apanhado de surpresa também. Ele era uma daquelas pessoas enérgicas incrivelmente néscias que parecem enviadas por alguma força superior para criar desastres. Sua firmeza, à primeira vista, podia ser facilmente confundida com uma notável capacidade! Mas ele não tinha imaginação, nenhuma criatividade, apenas o impulsionava uma enorme e absurda força de vontade, e uma fé louca em sua 'sorte' idiota. Lembro-me de estarmos no promontório observando a esquadra que circulava longe, e de como eu avaliava o total significado dessa visão, vendo com clareza o rumo que isso tudo tomaria. Talvez ainda não fosse tarde demais. Eu poderia ter voltado, penso, e ter salvado o mundo. As pessoas do norte me seguiriam, eu sabia, afiançado apenas pelo fato de eu respeitar seus padrões morais. O leste e o sul confiariam em mim, e não confiariam em nenhum outro homem do norte. Eu sabia que só tinha de mencioná-lo para que ela me deixasse partir... Não porque ela não me amasse.

"Só que eu não queria ir; minha vontade tomava uma direção totalmente contrária. Havia acabado de jogar fora o pesadelo da responsabilidade: tinha renegado o dever muito recentemente e, embora estivesse claro como a luz do dia o que eu deveria fazer, isso não tinha poder algum para abalar a minha vontade. Minha vontade era viver, somar prazeres e fazer minha querida dama feliz. Embora não tivessse o poder de me arrastar, essa sensação de importantes deveres negligenciados me deixava em silêncio e preocupado, roubava-me a metade do brilho dos dias ali passados e me levava a reflexões sombrias no silêncio da noite. E enquanto observava os aeroplanos de Evesham voarem de um lado para o outro... aqueles pássaros de infinito mau presságio... ela ficou ao meu lado me observando, percebia o problema, mas não o compreendia claramente... seus olhos questionavam meu rosto, seu semblante se nublava de perplexidade. Seu rosto estava cinza porque o pôr do sol desaparecia. Não era por sua culpa que eu me mantinha ali. Ela tinha me pedido para deixá-la, e à noite tornou a pedir com lágrimas no olhos para que eu fosse.

"Por fim, foi percebê-la o que levantou o meu estado de ânimo. Me virei de repente e a desafiei a correr pelas ladeiras da montanha. 'Não', disse ela, como se eu pudesse me irritar com sua seriedade, então resolvi acabar com aquela seriedade e fazê-la correr... ninguém fica sombrio e triste quando está sem fôlego... ela tropeçou, me apressei para pôr a mão debaixo do seu braço. Passamos correndo por alguns homens que se viraram para olhar, assombrados com o meu comportamento... teriam talvez reconhecido meu rosto. Na metade da encosta ocorreu um tumulto ruidoso no ar, um fragor estrondoso, e paramos; imediatamente no topo da colina apareceram aqueles aviões de guerra voando um atrás do outro."

O homem pareceu hesitar quando estava pronto a fazer uma descrição.
— Como eram eles? — perguntei.
— Eles nunca haviam lutado — disse. — Eram exatamente como nossos encouraçados atuais; nunca tinham lutado. Ninguém sabia o que eles podiam fazer, levando homens eufóricos como tripulantes; alguns sequer se importaram em especular. Eram magníficas máquinas motrizes em forma de ponta de lança, sem eixo, com um propulsor no lugar do eixo.
— Aço?
— Não.
— Alumínio?
— Não, não, nada desse tipo. Uma mistura que era muito comum... tão comum quanto o bronze, por exemplo. Chamava-se... deixe-me ver.

Ele pressionou a testa com os dedos de uma mão:
— Estou esquecendo tudo — murmurou.
— Carregavam armas?
— Pequenas armas que disparam bombas altamente explosivas. Disparavam as armas para trás, fora da base da lâmina, por assim dizer, e golpeavam com o bico. Essa era a teoria, entenda, eles nunca haviam entrado em combate. Ninguém sabia exatamente o que iria acontecer. Enquanto isso, suponho que era muito bom rodopiar no vasto céu como num voo de andorinhas jovens, leves e ligeiras. Imagino que os capitães não tentaram pensar claramente como funcionaria a coisa na realidade. Essas máquinas de guerra voadoras, veja bem, eram apenas um dos infindáveis artifícios de guerra inventados, e haviam

ficado inativos durante o longo período de paz. Havia todo tipo de coisas que as pessoas estavam remexendo e restaurando; coisas infernais, insensatas; coisas que nunca haviam sido experimentadas; enormes motores, explosivos terríveis, armas poderosas. Você conhece o modo estúpido de proceder desse tipo de homens engenhosos que fabricam essas coisas; como os castores, eles constroem represas, sem se importar com os rios que vão desviar e com as terras que vão inundar!

"Enquanto descíamos a sinuosa trilha para o nosso hotel novamente, à luz do crepúsculo, eu previ tudo: vi como tudo estava claro e inevitavelmente conduzindo para a guerra nas mãos tolas e violentas de Evesham, e tive alguma noção do que seria essa guerra sob essas novas condições. Mesmo assim, embora soubesse que estava perto de alcançar minha oportunidade, não encontrei vontade de voltar."

Ele suspirou.

— Essa foi a minha última chance.

"Não fomos à cidade antes que o céu estivesse completamente estrelado, assim saímos para o terraço superior, e andamos de um lado para o outro, então... ela me aconselhou a voltar.

"'Meu querido', ela disse, e seu doce rosto olhou para mim, 'isso é a Morte. Ficar nesta vida que você leva é morrer. Volte para eles, volte para o seu dever...'

"Ela começou a chorar, e se agarrou ao meu braço enquanto dizia, entre soluços: 'Volte... volte'.

"Repentinamente, ela ficou muda e, ao olhar para o seu rosto, eu li em um instante o que ela pensara em fazer. Foi um daqueles momentos em que se percebe claramente.

"'Não!', exclamei.

"'Não?', ela perguntou surpresa, e eu penso que um pouco assustada com a resposta ao seu pensamento.

"'Nada', respondi, 'me fará voltar. Nada! Eu fiz a minha escolha. Amor, eu escolhi, e o mundo deve prosseguir. O que quer que aconteça, eu vou viver esta vida... eu vou viver para você! Nada me fará mudar de ideia; nada, minha querida. Mesmo se você morrer... até mesmo se você morrer...'

"'Sim?', ela murmurou suavemente.

"'Então... Eu também morreria.'

"E antes que ela pudesse falar de novo, comecei a falar eloquentemente... como era capaz de fazê-lo naquela vida... falei para exaltar o amor, para fazer a vida que estávamos vivendo parecer heroica e gloriosa; que eu estava abandonando algo difícil e extremamente ignóbil e que seria uma ótima ideia deixar isso de lado. Eu empenhei toda minha força mental para lançar esse encantamento sobre nossa história, procurando não apenas convencê-la, mas também a mim. Nós conversamos, e ela se agarrou a mim, também dividida entre tudo o que ela considerava nobre e tudo o que ela sabia que era bom. Finalmente dei a tudo um sentido heroico, tornei todo o desastre denso do mundo apenas uma espécie de cenário glorioso para o nosso inigualável amor, e nós, duas pobres almas loucas, enlaçadas enfim, envoltas por aquela esplêndida ilusão, embriagadas de gloriosa ilusão sob as estrelas imóveis.

"E assim a minha chance passou.

"Era minha última chance. Mesmo enquanto íamos para lá e para cá, os líderes do sul e do leste debatiam sobre suas deliberações, e a resposta vigorosa que abalaria para sempre a ameaça de Evesham permanecia indefinida e em espera. Em toda a Ásia e no oceano e no sul, o ar e os fios pulsavam com suas advertências para preparar-se... preparar-se.

"Entenda, nenhum ser humano vivo sabia o que era a guerra; ninguém poderia imaginar, com todas essas novas invenções, o horror que a guerra poderia trazer. Acredito que a maioria das pessoas ainda pensava que seria uma questão de uniformes brilhantes e explosões barulhentas, triunfos, bandeiras e bandas... numa época em que metade do mundo extraía seus suprimentos alimentícios de regiões situadas a mais de dez mil quilômetros de distância."

O homem de rosto pálido fez uma pausa. Olhei para ele e seu rosto estava concentrado no chão do vagão. Uma pequena estação de trem, uma fileira de vagões carregados, uma cabine de sinalização e a parte de trás de uma casa de campo passaram pela janela, e uma ponte passou com estrépito, repercutindo o alarido do trem.

— Depois disso — prosseguiu — sonhei com frequência. Por três semanas durante a noite, esse sonho foi a minha vida. O pior de tudo era que havia noites em que não conseguia sonhar e eu ficava deitado na cama nesta maldita vida; e lá... em algum lugar perdido para mim... estavam acontecendo coisas... graves, coisas terríveis... Eu vivia à noite... meus dias, meus dias de vigília, esta vida que estou vivendo agora tornou-se um sonho desbotado e distante, um cenário monótono, a capa do livro.

Ele pensou.

— Poderia contar a você, contar-lhe cada detalhe do sonho, mas sobre o que eu fazia durante o dia... não. Não poderia contar... não me lembro. Minha memória... minha memória se foi. Os assuntos gerais da vida me escapam...

Ele se inclinou e comprimiu os olhos com as mãos. Durante um longo tempo não disse nada.

— E depois? — perguntei.

— A guerra estourou como um furacão.

Ele fitava adiante, via coisas indescritíveis.

— E depois? — insisti.

— Um quadro de irrealidade — disse ele, no tom baixo do homem que fala consigo — e poderia ter sido um pesadelo. Mas não eram pesadelos... não eram pesadelos. Não!

Ele ficou em silêncio por tanto tempo que me ocorreu o perigo de perder o resto da história. Mas continuou falando de novo no mesmo tom de quem fala interrogativamente com si próprio.

— O que havia para fazer senão fugir? Eu não tinha pensado que a guerra atingiria Capri... Parecia-me que Capri ficaria de fora, como um contraste diante de tudo aquilo; mas duas noites depois, todo o lugar estava gritando e berrando, quase todas as mulheres e a metade dos homens usavam um distintivo... o distintivo de Evesham... E não havia música, a não ser um jingle estridente de guerra que ecoava repetidamente; em todos os lugares os homens se alistavam, e nos salões de dança eles davam instruções e treinamento. Circulavam rumores por toda a ilha; diziam, repetidas vezes, que a guerra havia começado. Eu não esperava isso. Tinha experimentado tão pouco o prazer da vida que falhei em considerar essa violência de amadores. Quanto a mim, estava fora disto. Eu era aquele que poderia ter impedido o disparo das armas. A hora tinha passado. Eu não era ninguém; o rapaz mais vaidoso com um distintivo valia mais do que eu. A multidão nos empurrou e gritou em nossos ouvidos; aquele maldito jingle nos ensurdecia; uma mulher gritou com a minha dama porque ela não carregava nenhum distintivo; nós dois voltamos para nossa pousada insultados e perturbados... minha senhora estava pálida e silenciosa, eu, trêmulo de raiva. Estava tão furioso, que poderia ter brigado com ela se tivesse encontrado um tom de acusação em seus olhos.

"Toda a minha magnificência havia desaparecido. Andei de um lado para o outro em nossa cela de pedra. Lá fora estava o mar escuro e uma luz no sul cintilava, sumia e voltava a cintilar.

"'Temos de sair deste lugar', eu disse repetidamente. 'Fiz a minha escolha e não terei participação nesta turbulência. Não terei nada a ver com esta guerra. Viveremos nossas vidas longe de todas estas coisas. Este não é um refúgio para nós. Vamos.'

"E no dia seguinte já estávamos fugindo da guerra que se alastrava pelo mundo.

"E tudo o que restou foi fugir... tudo o que restou foi fugir."

Ele ficou misteriosamente pensativo.

que levaríamos longe de tudo, longe da batalha e da luta, das vazias paixões selvagens e da arbitrariedade vazia 'tu deves' e 'tu não deves' do mundo. Estávamos acima de tudo isso, como se nossa busca fosse uma coisa sagrada, como se o amor pelo outro fosse uma missão...

"Mesmo quando vimos do nosso barco a bela face daquela grande rocha de Capri... já marcada e golpeada pela instalação de armas e esconderijos que a tornariam uma fortaleza... não nos ocorria nada sobre o massacre iminente, embora a fúria da preparação pairasse sobre nós através dos vapores e nuvens de poeira em uma centena de pontos entre a paisagem cinzenta; e, na verdade, fiz disso um tema de conversa. Ali estava o rochedo ainda belo, saiba, apesar das cicatrizes, com suas inúmeras janelas, arcos e caminhos, nível sobre nível, por trezentos metros, uma grande escultura cinza, quebrada por terraços cobertos de vinhas, de limão, de laranjais, uma profusão de agaves e figos da Índia, e tufos de amendoeiras em flor. Debaixo do arco construído sobre a Marina Piccola passavam outros barcos; e quando contornamos o cabo e avistamos o continente, apareceu outra pequena fileira de barcos dirigindo-se para o sudoeste. Em pouco tempo, grande quantidade deles havia aparecido, os mais distantes eram pontinhos azuis-marinhos na sombra do penhasco ao leste."

— É o amor e a razão — falei — fugindo de toda essa loucura da guerra.

— E embora víssemos nesse momento um esquadrão de aviões voando pelo céu ao sul, não demos atenção. Ali estava... uma linha de pontinhos no céu... e depois mais, pontilhando no horizonte ao sudeste, e depois ainda mais, até que todo aquele quadrante do céu ficou pontilhado de manchas azuis. De repente, eram todos finos tracinhos azuis, então um e depois uma multidão inclinou-se e tapou o sol e se transformou em pequenos lampejos de luz. Chegaram, subindo e descendo e aumentando, como um enorme voo de gaivotas ou corvos ou algo parecido com aves movendo-se com uma maravilhosa uniformidade, e a cada aproximação, espalhavam-se por uma extensão maior do céu. O lado sul irrompeu como uma nuvem de flecha passando transversalmente ao sol. E então viraram de repente, arremeteram para o leste e avançaram nessa direção, ficaram cada vez menores e cada vez mais afastados até desaparecerem. Depois disso notamos as máquinas de guerra de Evesham ao norte, pairando muito altas sobre Nápoles como um enxame noturno de mosquitos.

"Parecia-nos que, tal como um voo de pássaros, não mereciam a nossa preocupação.

"Até mesmo o murmúrio de armas à distância no sudeste pareceu-nos não significar nada...

"A cada dia, a cada sonho depois disso, ainda estávamos exaltados, buscávamos ainda aquele refúgio onde pudéssemos viver e amar. A fadiga nos abateu, a dor e muitas aflições. Pois, embora estivéssemos empoeirados e sujos por nossa jornada erradia e penosa, meio famintos e com o horror dos mortos que vimos e a fuga dos camponeses... já que muito rapidamente uma lufada de guerra tinha varrido a península...

Todos esses acontencimentos assombrando nossa mente fazia nascer em nós uma profunda resolução de escapar. Ah, mas ela foi corajosa e paciente! Ela, que nunca havia enfrentado dificuldades nem ficara exposta a riscos, tinha coragem por mim e por ela. Íamos de um lugar a outro procurando saída em um país aliciado e saqueado pelas hostes da guerra. Íamos sempre a pé. A princípio havia outros fugitivos, porém não nos misturávamos com eles. Alguns fugiam para o norte, alguns eram apanhados na torrente de camponeses que inundavam as estradas principais; muitos se entregavam nas mãos dos soldados e eram enviados para o norte. Muitos homens ficaram abalados. Mas nos mantivemos longe dessas coisas; não havíamos trazido dinheiro para subornar uma passagem para o norte, e eu temia por minha senhora nas mãos dessas multidões alistadas. Chegamos a Salerno, e em Cava tivemos de voltar para trás. Tentamos alcançar Tarento atravessando o Monte Alburno, porém tivemos de voltar por falta de comida, e por isso descemos entre os pântanos via Pesto onde se erguem aqueles grandes templos solitários. Eu tive a ideia vaga de que em Pesto seria possível encontrar um barco, ou algo assim, e retornar ao mar. E foi ali que a batalha nos alcançou.

"Algo como um atordoamento anímico me tomava. Pude ver claramente que estavam nos cercando; que a grande rede daquela guerra gigantesca nos havia enredado. Muitas vezes vimos os recrutas que desciam do norte, iam e vinham e seguiam na distância entre as montanhas, abrindo caminho para a munição e a montagem das armas. Em uma ocasião, pareceu-nos que abriram fogo contra nós, supondo que éramos espiões... de qualquer modo, um disparo passou assobiando sobre nós. Várias vezes nos escondemos dos aviões nos bosques.

"Mas todas essas coisas não importam agora, aquelas noites de fuga e dor...Estávamos em um lugar aberto perto daqueles magníficos templos em Pesto, finalmente, em uma área rochosa e deserta pontilhada de arbustos espinhosos, vazia e desolada e tão plana que um bosque de eucaliptos ao longe deixava ver a base de seus caules. Vejo-o ainda agora! Minha senhora descansava um pouco, sentada debaixo de um arbusto, pois estava muito fraca e exausta. Eu estava em pé observando para ver se podia calcular a distância dos disparos que iam e vinham. Eles ainda estavam, sabe, lutando longe um do outro, com aquelas terríveis armas novas que nunca tinham sido usadas antes: armas que podiam ser transportadas sem serem vistas, e aviões que fariam... O que eles fariam nenhum homem poderia prever.

"Eu sabia que estávamos em um fogo cruzado entre os dois exércitos. Sabia que estávamos em perigo, que não podíamos parar ali e descansar!

"Embora estivessem em minha mente, essas coisas todas ficavam em segundo plano. Preocupar-nos com esses assuntos não parecia ser nossa tarefa. Eu estava pensando essencialmente em minha dama. Uma aflição dolorosa se apossou de mim. Pela primeira vez, ela se dera por derrotada e se entregara às lágrimas. Podia ouvi-la soluçando atrás de mim, mas não me virei porque sabia que ela precisava chorar, tinha se segurado por mim demasiadamente e por longo tempo. Tudo bem, pensei, que ela chorasse e descansasse, depois continuaríamos pelejando, e eu nem suspeitava do que estava tão perto. Mesmo agora posso vê-la enquanto ela estava sentada ali, com seu lindo cabelo no ombro, ainda posso ver as covas profundas de suas bochechas.

"'Se tivéssemos nos separado', disse ela, 'se eu tivesse deixado você ir.'

"'Não', respondi, 'mesmo agora não me arrependo, não me arrependerei; fiz minha escolha e vou continuar até o fim.'

"E então...

"No céu lá no alto alguma coisa brilhou e logo explodiu; ouvi ao nosso redor o rumor das balas que soavam como um punhado de ervilhas repentinamente jogadas. Partiam as pedras ao nosso redor e fragmentos de rocha rodopiavam e passavam..."

Ele cobriu a boca com a mão, e então umedeceu os lábios.

— Diante do flash eu tinha me virado...

"Ela se levantou, sabe, e deu um passo em minha direção... como se quisesse me alcançar...

"Uma bala tinha-lhe atravessado o coração."

Ele parou e fitou-me. Senti toda aquela incapacidade tola que um inglês sente em tais ocasiões. Encontrei seus olhos por um momento e, em seguida, olhei pela janela. Por longo tempo mantivemos-nos em silêncio. Quando finalmente olhei para ele, estava recostado em seu canto, tinha os braços cruzados e roía as articulações dos dedos.

De súbito, mordeu a unha e a olhava fixamente.

— Eu a carreguei — disse ele —, e a levei para os templos nos meus braços... como se isso importasse. Não sei por quê. Pareciam uma espécie de santuário, sabe, eram tão antigos, acho.

"Ela deve ter morrido quase instantaneamente. Sozinho... conversei com ela durante todo o caminho."

Silêncio novamente.

— Eu vi esses templos — disse eu de repente, e na verdade ele me trouxera muito vividamente à memória aquelas arcadas imóveis de desgastado arenito iluminadas pelo sol.

— Foi no templo de cor amarronzada, o grande templo. Sentei-me em um pilar caído e segurei-a em meus braços... Silenciosa, depois dos queixumes iniciais. Passado algum tempo os lagartos saíram e corriam de um lado para o outro como se nada incomum estivesse acontecendo, como se nada tivesse mudado... Estava excessivamente quieto ali, o sol alto e as sombras imóveis; até mesmo as sombras das ervas sobre o entablamento estavam quietas... apesar dos estrondos e estampidos que ressoavam por todo o céu.

"Tenho em minha memória a impressão de que os aviões surgiam do sul e que a batalha avançava para o oeste. Um avião foi atingido, emborcou e caiu. Eu me lembro disso, embora não me interessasse minimamente. Não parecia ter sentido. Era como uma gaivota ferida, sabe, que ficou se debatendo na água por um breve momento. Eu podia vê-lo do templo... um objeto preto na água azul brilhante.

"Bombas explodiram três ou quatro vezes perto da praia e depois cessaram. A cada explosão, todos os lagartos saíam em disparada e se escondiam durante algum tempo. Esse foi todo o dano causado, exceto por um projétil perdido que numa ocasião raspou rente a pedra... deixou-a apenas uma superfície nova e brilhante.

"A quietude parecia maior depois que as sombras ficaram mais densas.

"O fato curioso" — observou ele com o jeito de um homem que fala trivialidades — "é que eu não *pensei*... absolutamente nada. Sentei-me segurando-a em meus braços em meio às pedras... numa espécie de letargia... inerte.

"E não me lembro de ter acordado. Não me lembro se havia me vestido naquele dia. Sei que me encontrei em meu escritório, com as cartas todas abertas diante de mim e como fiquei impressionado com o absurdo de estar ali, vendo que na realidade eu estava sentado, aturdido, naquele templo de Pesto com uma mulher morta em meus braços. Li mecanicamente minhas cartas. Porém me esqueci do assunto que tratavam."

Ele se deteve e seguiu-se um longo silêncio.

De repente, percebi que estávamos descendo o declive da Chalk Farm para Euston. Eu me sobressaltei ao perceber a passagem do tempo. Me virei para ele perguntando brutalmente, com o tom de "Agora ou nunca".

— E você sonhou de novo?

— Sim.

Ele parecia se esforçar para terminar. Sua voz era muito baixa.

— Mais uma vez, e como se fosse apenas por alguns instantes. Eu parecia ter despertado repentinamente de uma grande apatia, levantei e fiquei em posição sentada; o corpo jazia ali nas pedras ao meu lado. Um corpo inanimado. Não era ela, sabe. Tão cedo... e já não era ela...

"Eu posso ter ouvido vozes. Não sei, porém sabia claramente que homens estavam invadindo a minha solidão e achava que isso era um último ultraje.

"Levantei-me e caminhei pelo templo, e então surgiu primeiro um homem... um rosto amarelado, vestido com um uniforme sujo, branco e com bordas azuis; depois vários outros subiam para o alto da velha muralha da cidade desaparecida e se arrastavam ali. Eram pequenas figuras que brilhavam à luz do sol; empoleiradas, levando armas na mão, observando cautelosas ao redor.

"E mais longe vi outros e depois mais em outro ponto da muralha. Era uma grande fileira de homens não regularmente ordenados.

"Logo o primeiro homem que eu tinha visto levantou-se e gritou uma ordem, e seus homens desceram e vieram entre a vegetação alta em direção ao templo. Ele desceu com eles e os guiou. Veio na minha direção e parou quando me viu.

"No começo, eu tinha observado aqueles homens por mera curiosidade, mas quando vi que eles pretendiam vir para o templo, fui impulsionado a proibi-los. Gritei para o oficial.

"'Vocês não devem entrar aqui', bradei, '*eu* estou aqui. Eu estou aqui com minha morta.'

"Ele me encarou, e então me lançou uma pergunta de volta em alguma língua desconhecida.

"Eu repeti o que havia dito.

"Ele gritou de novo; cruzei os braços e me mantive parado e quieto. Logo ele falou com seus homens e se adiantou. Portava uma espada desembainhada.

"Sinalizei para ele ficar longe, porém continuou a avançar. Falei de novo com muita paciência e clareza: 'Você não deve vir aqui. São templos antigos e eu estou aqui com minha morta.'

"Neste momento ele estava tão perto que eu podia ver seu rosto claramente. Era um rosto estreito, com olhos cinzentos sem vida e um bigode preto. Tinha uma cicatriz no lábio superior, estava sujo e não barbeado. Ele continuou gritando coisas ininteligíveis, talvez perguntas para mim.

"Agora sei que estava com medo de mim, mas naquela hora isso não me ocorreu. Enquanto tentava explicar-lhe, ele me interrompeu em tom imperioso, ordenando-me, suponho, a sair do caminho.

"Ele fez menção de passar por mim e eu o segurei.

"Vi seu rosto mudar quando o agarrei.

"'Seu tolo', eu gritei. 'Você não sabe? Ela está morta!'

"Ele recuou e fitou-me com olhos cruéis. Percebi uma espécie de determinação exultante brilhar neles... deleite. Então, de repente, fazendo uma carranca, ele jogou sua espada para trás... *então*... e me golpeou."

Ele parou abruptamente.

Tomei consciência de uma mudança no ritmo do trem. Os freios chiaram, o vagão rangeu e rabeou.

Clamoroso, o mundo atual se impunha por si mesmo. Vi através da janela enevoada numerosas luzes elétricas em guerra brilhando no alto dos postes entre o nevoeiro; vi fileiras de vagões vazios estacionados ao nosso lado e logo depois passamos por uma cabine de sinalização que erguia sua constelação de verde e vermelho no melancólico crepúsculo de Londres. Olhei novamente para sua feição esgotada.

— Atravessou meu coração. Foi algo como uma perplexidade... nem medo, nem dor... simplesmente espanto, que eu senti que me perfurou, senti a espada entrar em meu corpo. Não doeu, sabe. Não doeu nada.

As luzes amarelas da plataforma invadiram meus olhos, passaram primeiro rápido, depois lentamente, e por fim pararam com um solavanco. Formas indistintas de homens iam de um lado para o outro.

— Euston! — gritou uma voz.

— Você quer dizer...?

— Não senti dor, nem aguilhoada ou sofrimento. Assombro e, em seguida, a escuridão arrastou tudo. O rosto abrasado e brutal diante de mim, o rosto do homem que me matou, pareceu retroceder. Foi varrido da existência...

— Euston! — gritavam as vozes do lado de fora — Euston!

A porta do vagão se abriu, dando passagem a uma onda de rumores. Um carregador se posicionou para atender-nos. O baque de portas que se fechavam, o tropel dos cavalos e, por trás disso, alcançou meus ouvidos o remoto e indefinido rugido das pedras usadas na pavimentação de Londres. Uma profusão de lâmpadas acesas fuzilou ao longo da plataforma.

— Uma escuridão, uma inundação de escuridão que se abriu, se espalhou e apagou tudo.

— Tem alguma bagagem, senhor? — disse o carregador.

— E esse foi o fim? — perguntei.

Ele pareceu hesitar. Então, quase que inaudível, respondeu:

— Não.

— Como assim?

— Eu não consegui chegar até ela. Ela estava lá do outro lado do templo... E então...

— Sim — eu insisti — Sim?

— Pesadelos — gritou ele —, pesadelos reais! Meu Deus! Enormes pássaros que guerreavam e dilaceravam.

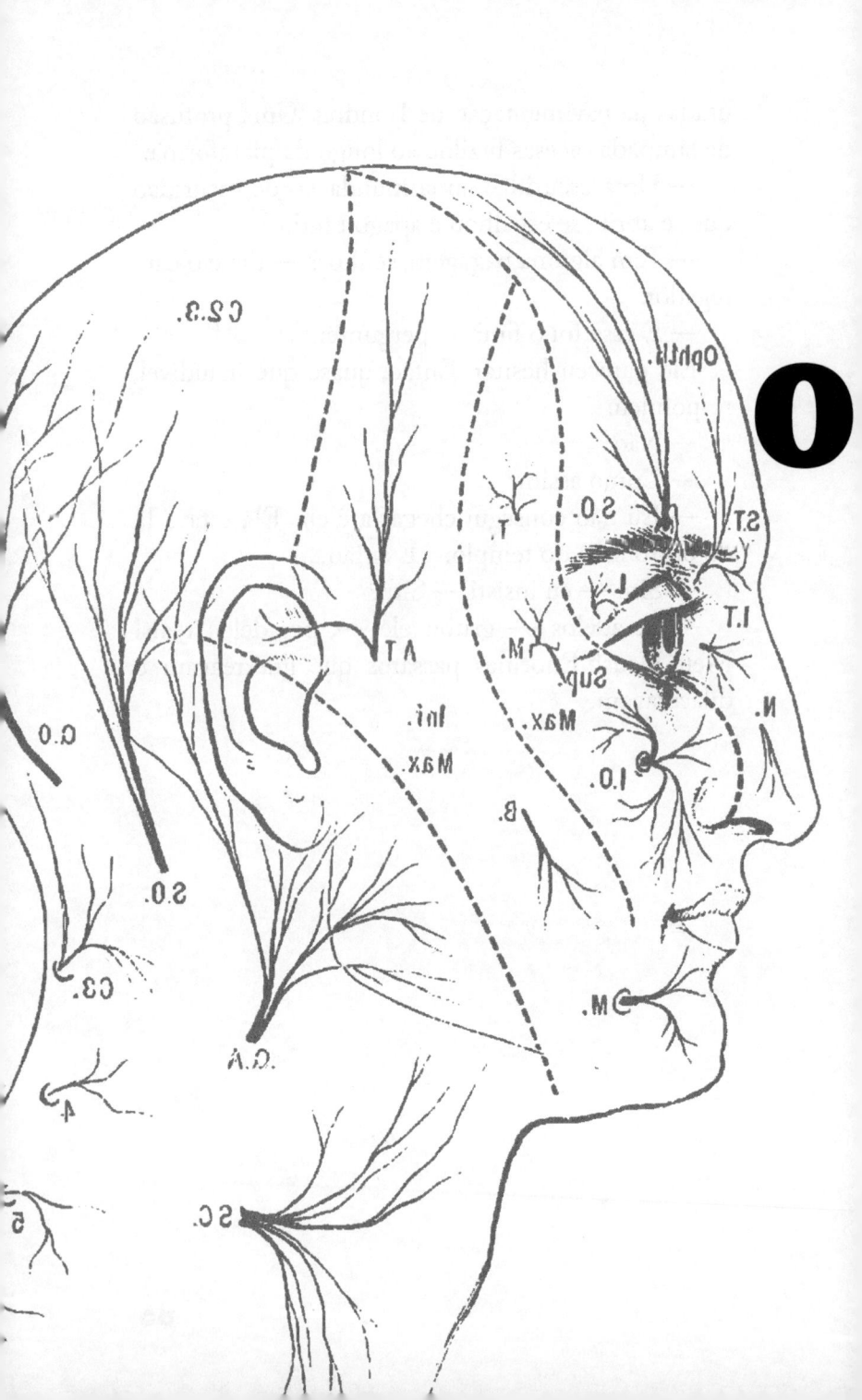

ETERNO ADÃO*

Jules Verne

Tradutor: Oleg Almeida

---

* Michel Jean Verne (1861-1925), filho de Jules Verne, editou *O eterno Adão* em 1910. (N. T.)

O zartog Sofr-Aï-Sr, isto é, "o doutor, terceiro representante macho da centésima primeira geração da linhagem dos Sofr", seguia, a passos lentos, a rua principal de Basidra, capital do Hars-Iten-Schu, em outros termos, "o Império dos Quatro Mares". Quatro mares — o Tubelone ou Setentrional, o Ehone ou Austral, o Spone ou Oriental, e o Merone ou Ocidental —, limitavam, de fato, aquele vasto país, de forma bem irregular, cujas extremidades (calculadas de acordo com as medidas familiares ao leitor) atingiam, em longitude, o quarto grau leste e o sexagésimo segundo grau oeste, e, em latitude, o quinquagésimo quarto grau norte e o quinquagésimo quinto grau sul. Quanto à respectiva extensão desses mares, como seria avaliada, nem que fosse de maneira aproximada, visto que se juntavam todos e um navegador, zarpando de qualquer uma das suas costas e rumando sempre em frente, acabava sem falta por aportar no litoral diametralmente oposto? É que não existia, em toda a superfície do globo, outra terra senão a do Hars-Iten-Schu.

Sofr caminhava devagar, primeiramente porque fazia muito calor: começava a tórrida estação, e o sol, então próximo ao zênite, derramava sobre Basidra, situada no litoral do Spone-Schu ou Mar Oriental, e menos de vinte graus ao norte do equador, uma terrível cachoeira de raios.

Contudo, mais do que a fadiga e o calor, o peso de seus pensamentos retardava os passos do sábio zartog Sofr. Enxugando, volta e meia, a testa com um gesto distraído, estava rememorando a sessão que acabara de chegar ao fim, onde tantos oradores eloquentes, cujo grupo ele mesmo tinha a honra de integrar, haviam magnificamente celebrado o centésimo nonagésimo quinto aniversário de fundação do Império.

Alguns deles tinham delineado a sua história, ou melhor, a história da humanidade inteira. Tinham mostrado a Mahart-Iten-Schu, a Terra dos Quatro Mares, dividida a princípio entre um número imenso de tribos selvagens que desconheciam umas às outras. Àquelas tribos é que remontavam as tradições mais antigas. Quanto aos fatos anteriores, ninguém os conhecia e as ciências naturais apenas começavam a discernir uma luz tênue nas impenetráveis trevas do passado. Em todo caso, aqueles tempos remotos escapavam à crítica histórica, cujos rudimentos iniciais se compunham daquelas vagas noções relativas às antigas tribos esparsas.

Durante oito mil anos e tanto, a história da Mahart-Iten-Schu, que se tornava gradualmente mais completa e exata, só relatava combates e guerras, primeiro de homem contra homem, depois de família contra família, enfim de tribo contra tribo, posto que nenhum ser vivo, nenhuma comunidade pequena ou grande, possuíam, ao longo dos séculos, outro objetivo senão o de assegurar a sua supremacia sobre os seus rivais, esforçando-se todos, com êxitos diversos e não raro adversos, para sujeitá-los às suas leis.

Aquém daqueles oito mil anos, as lembranças dos homens ficavam um pouco mais precisas. No início do segundo dos quatro períodos em que se dividiam comumente os anais da Mahart-Iten-Schu, a lenda começava a merecer, de modo mais justo, o nome de história. Aliás, histórica ou lendária, a matéria dos relatos quase não mudava: eram sempre os mesmos massacres e morticínios — não mais, em verdade, de tribo contra tribo, mas doravante de povo contra povo —, tanto assim que esse segundo período não fora, afinal de contas, muito diferente do primeiro.

O mesmo se referia ao terceiro período, findo havia apenas duzentos anos, que durara cerca de seis séculos. Essa terceira época, no decorrer da qual, com insaciável fúria, os homens reunidos em exércitos incontáveis haviam encharcado a terra de seu sangue, fora talvez mais atroz ainda.

O fato é que, um pouco menos de oito séculos antes do dia em que o zartog Sofr passava pela rua principal de Basidra, a humanidade se achara à beira das amplas perturbações. Naquele momento, quando as armas, o fogo, a violência haviam já concluído certa parte da sua obra necessária, tendo os fracos sucumbido perante os fortes, os homens a povoarem a Mahart-Iten-Schu formavam três nações homogêneas, em cada uma das quais o tempo atenuara as diferenças entre os vencedores e os vencidos de outrora. Fora então que uma dessas nações se dispusera a submeter as suas vizinhas. Habitantes da região central da Mahart-Iten-Schu, os Andarti-Ha-Sammgor, isto é, Homens com Faces de Bronze, haviam lutado impiedosamente para alargar as fronteiras que sufocavam a sua raça ardente e prolífica. Uns após os outros, ao preço de guerras seculares, eles tinham vencido os Andarti-Mahart-Horis, os Homens do País da Neve, que povoavam as regiões do sul, e os Andarti-Mitra--Psul, os Homens da Estrela Imóvel, cujo império se encontrava ao norte e ao oeste.

Cerca de duzentos anos transcorreram desde que a última revolta daqueles dois povos fora afogada em torrentes de sangue e a terra conhecera enfim uma era de paz. Era o quarto período da história. Como um só império substituía as três nações de antanho e todos obedeciam à lei de Basidra, a unidade política tendia a fundir as raças. Ninguém falava mais nos Homens com Faces de Bronze, nos Homens do País da Neve, nos Homens da Estrela Imóvel, e não havia na terra senão um povo único, os Andart'-Iten-Schu, os Homens dos Quatro Mares, no qual se resumiam todos os outros.

Mas eis que, transcorridos esses duzentos anos de paz, um quinto período parecia anunciar-se. Rumores importunos, vindos não se sabia donde, circulavam havia algum tempo. Tinham aparecido pensadores capazes de despertar nas almas umas lembranças ancestrais que já poderiam ser tidas como extintas.

O antigo sentimento da raça ressuscitava numa forma nova, caracterizada com novas palavras. Falava-se amiúde em "atavismo", "afinidades", "nacionalidades", etc., havendo todos esses vocábulos recém-criados, que respondiam a certa necessidade, conquistado de pronto o direito à cidadania. Conforme a comunhão de origem, de aspecto físico, de tendências morais, de interesses ou simplesmente de região e de clima, surgiam agrupamentos que cresciam, pouco a pouco, a olhos vistos e começavam a agitar-se. Em que é que daria essa evolução nascente? Mal construído, o Império se desagregaria? A Mahart-Iten-Schu acabaria sendo dividida, como nos idos, entre um grande número de nações ou pelo menos, a fim de mantê-la unida, precisar-se-ia de novo recorrer às tétricas hecatombes que, durante tantos milênios, transformavam aquela terra num ossário?...

Sacudindo a cabeça, Sofr rejeitou essas ideias. Nem ele mesmo conhecia o futuro, nem mais ninguém. Então por que se entristeceria de antemão com eventos incertos? De resto, não era o dia de meditar sobre tais sinistras hipóteses. Nesse dia, estava tudo alegre e não se devia pensar senão na augusta grandeza de Mogar-Si, o décimo segundo imperador do Hars-Iten-Schu, cujo cetro guiava o universo para os gloriosos destinos.

Ademais, um zartog como ele tinha razões de sobra para se regozijar. Além do historiador que apresentou os fastos da Mahart-Iten-Schu, toda uma plêiade de cientistas estabeleceu, na ocasião do grandioso aniversário, o balanço do saber humano, cada um em sua especialidade, e marcou o ponto ao qual o esforço secular deste saber conduzira a humanidade. Ora, se o primeiro sugeriu, em certa medida, reflexões tristes, contando por qual caminho vagaroso e tortuoso ela se evadira da sua bestialidade original, os outros acabaram alimentando o legítimo orgulho de sua plateia.

Sim, seja dita a verdade, a comparação entre o que fora o homem, chegando nu e desarmado à terra, e o que ele era hoje em dia, propiciava a admiração. Durante séculos, apesar das suas discórdias e do seu ódio fratricida, não interrompera, por um instante sequer, a luta contra a natureza, aumentando sem cessar a amplitude de sua vitória. Lenta de início, a marcha triunfal dele acelerara-se espantosamente havia duzentos anos, tendo a estabilidade das instituições políticas e a paz universal, que desta resultara, provocado um maravilhoso progresso da ciência. A humanidade não vivia mais tão somente pelos membros do corpo, mas antes pelo cérebro; vivia refletindo, em vez de esgotar-se em guerras insanas, razão pela qual avançava a passos cada vez mais rápidos, ao longo dos últimos dois séculos, rumo ao conhecimento e à domesticação da matéria...

Ao passo que caminhava, debaixo do sol abrasador, por aquela comprida rua de Basidra, Sofr esboçava mentalmente, em traços gerais, o quadro das conquistas do homem.

A princípio, o homem havia — algo que se perdia na noite dos tempos — idealizado a escrita, com o fim de fixar o pensamento; depois — tal invenção datava de mais de quinhentos anos — encontrara o meio de expandir a palavra escrita em número infinito de cópias, mediante um molde implantado de uma vez por todas. Era dessa invenção que provinham, na realidade, todas as outras. Fora graças a ela que os cérebros receberam seu primeiro impulso, que a inteligência de cada pessoa ficara acrescida da de seu vizinho e que as descobertas se multiplicaram prodigiosamente, na ordem teórica e prática. Agora não as contavam mais.

O homem penetrara nas entranhas da terra e extraía de lá o carvão, generoso distribuidor de calor; liberara a força latente da água, e o vapor puxava, dali em diante, pesados trens pelos trilhos de ferro ou acionava inúmeras máquinas potentes, delicadas e precisas; graças àquelas máquinas, tecia fibras vegetais e podia trabalhar, como lhe aprouvesse, os metais, o mármore e a rocha. Numa área menos concreta ou, digamos, de utilização menos direta e menos imediata, perscrutava gradualmente o mistério dos números e explorava, cada vez mais a fundo, a infinitude das verdades matemáticas. Por meio delas, seu pensamento havia percorrido o céu. O homem sabia que o sol era apenas uma estrela gravitando através do espaço, segundo umas leis rigorosas, a envolver os sete planetas[1] de seu séquito em seu orbe inflamado. Conhecia a arte, fosse a de combinar alguns corpos brutos de maneira a formarem corpos novos, que nada mais tinham em

---

[1] Os Andart'-Iten-Schu ignoravam Netuno. (N. T.)

comum com aqueles primeiros, fosse a de repartir outros corpos em seus elementos constitutivos e primordiais. Submetia à sua análise o som, o calor, a luz, e começava a determinar a natureza e as leis deles. Cinquenta anos antes, aprendera a gerar essa força cujas terrificantes manifestações são trovões e relâmpagos, e logo fizera dela uma escrava sua: esse agente misterioso já transmitia, a incalculáveis distâncias, o pensamento escrito; amanhã transmitiria o som; depois de amanhã, sem dúvida, a luz[2]... Sim, o homem era grande, maior que o imenso universo que comandaria imperioso nos próximos dias.

Então, para que se apoderasse da verdade integral, restava-lhe esse último problema a resolver: "Aquele homem, mestre do mundo, quem era? Donde vinha? A que fins ignotos é que tendia o incansável esforço dele?"

Fora justamente esse vasto tema que o zartog Sofr acabara de abordar durante a cerimônia da qual retornava. Decerto se referira a ele tão só de passagem, visto que um problema dessa magnitude estava atualmente insolúvel e assim permaneceria, sem dúvida, por muito tempo ainda. No entanto, algumas luzes vagas começavam a clarear o mistério. E não fora mesmo o zartog Sofr quem projetara as mais intensas daquelas luzes, quando, sistematizando, codificando as pacientes observações de seus precursores e as suas

---

[2] Vemos que, se os Andart'-Iten-Schu conheciam o telégrafo, ainda ignoravam o telefone e a luz elétrica no momento em que o zartog Sofr-Aï-Sr se entregava a essas reflexões. (N. T.)

anotações pessoais, chegara à sua lei da evolução da matéria viva, lei que não encontrava mais, universalmente aceita agora, um único oponente?
Essa teoria repousava numa base tripla.
Antes de tudo, na ciência geológica que, nascida naquele dia em que o homem revirara as entranhas do solo, aprimorava-se à medida que se desenvolvia a exploração mineira. A crosta do globo era tão perfeitamente conhecida que se ousava estimar a sua idade em quatrocentos mil anos, e a da Mahart-Iten-Schu, tal como existia agora, em vinte mil anos. Anteriormente, esse continente dormia sob as águas do mar, conforme testemunhava a espessa camada de lodo marinho a recobrir, sem nenhuma interrupção, as camadas rochosas subjacentes. Qual fora o mecanismo cuja ação o fizera irromper das ondas? Fora, sem dúvida, a consequência de uma contração do globo arrefecido. Fosse qual fosse este aspecto, a emersão da Mahart-Iten-Schu devia ser considerada indubitável.
As ciências naturais haviam fornecido a Sofr outros dois fundamentos de seu sistema, demonstrando o estreito parentesco das plantas e dos animais entre si. Sofr tinha ido mais longe: chegara a provar, inclusive, a evidência de que quase todos os vegetais existentes estavam ligados a uma planta marítima, ancestral deles, e que quase todos os animais terrestres ou aéreos derivavam dos animais marítimos. Mediante uma evolução lenta, mas incessante, estes se teriam adaptado, pouco a pouco, às condições de vida, primeiro, bem próximas, depois mais distantes das de sua existência primitiva, e assim, de estádio em estádio, dado

origem à maioria das formas vivas que povoavam a terra e o céu.

Infelizmente, tal engenhosa teoria não era inatacável. A procedência dos seres vivos de ordem animal ou vegetal dos ancestrais marítimos parecia incontestável a quase todos, mas não a todos mesmo. Existiam, de fato, algumas plantas e alguns animais que era aparentemente impossível ligar a formas aquáticas. Nisso consistia um dos dois pontos fracos do sistema.

O homem — Sofr não escondia isso de si próprio — era o outro ponto fraco. Nenhuma aproximação seria possível entre o homem e os animais. Decerto as suas funções e propriedades primordiais, como a respiração, a nutrição e a mobilidade, eram as mesmas e efetuavam-se, ou então se revelavam, de maneira sensivelmente parecida, porém um abismo intransponível subsistia entre as suas formas exteriores, a quantidade e a disposição dos seus órgãos. Se por meio de uma corrente, à qual poucos elos faltavam, podia-se ligar a maior parte dos animais aos ancestrais provindos do mar, semelhante filiação seria inadmissível no que concernisse ao homem. Para conservar intacta a teoria da evolução, via-se, pois, na necessidade de imaginar gratuitamente a hipótese de uma cepa que os habitantes das águas e o homem teriam em comum, cepa da qual nada, absolutamente nada, demonstrava a existência anterior.

Por um momento, Sofr esperara encontrar no solo alguns argumentos favoráveis às suas preferências. Com a insistência e sob a direção dele, escavações haviam sido feitas durante longos anos a fio, mas apenas para levarem aos resultados diametralmente opostos aos esperados pelo seu promotor.

Ao atravessar uma fina película de húmus, formada pela decomposição de plantas e animais semelhantes ou análogos àqueles vistos todos os dias, chegara-se a uma espessa camada de lodo onde os vestígios do passado mudavam de natureza. Não havia, naquele lodo, nem sinal da flora e da fauna existentes, mas um acúmulo colossal de fósseis exclusivamente marinhos, cujos congêneres habitavam ainda, na maioria das vezes, os oceanos que circundavam Mahart-Iten-Schu.

Qual seria a conclusão, se não a de os geólogos terem razão em afirmar que o continente servira outrora de fundo àqueles mesmos oceanos, e de Sofr tampouco se enganar professando a origem marítima da fauna e da flora contemporâneas? Posto que, salvo umas exceções tão raras que se tinha o direito de considerá-las monstruosidades, as formas aquáticas e as formas terrestres eram as únicas cujo rastro se revelava, estas teriam sido necessariamente engendradas por aquelas...

Infelizmente para a generalização do sistema, havia ainda outros achados. Esparsas em toda a espessura do húmus e até mesmo na parte mais superficial do depósito de lodo, inúmeras ossadas humanas tinham vindo à luz. Sem nada de excepcional na estrutura desses fragmentos de esqueletos, Sofr tivera de renunciar à busca, no meio deles, dos organismos intermediários cuja existência confirmasse a sua teoria: essas ossadas eram, sem mais nem menos, ossadas humanas.

Entretanto, uma particularidade bastante notável não demorou a ser constatada. Até uma determinada antiguidade, que podia ser estimada, por alto, em dois ou três mil anos, quanto mais antigo era o ossário, tanto menor se tornava o tamanho dos crânios descobertos. Por outro lado, além desse estádio, a progressão se invertia, e, desde então, quanto mais se recuava ao passado, tanto maior se tornava a capacidade desses crânios e, por conseguinte, o volume dos cérebros que eles haviam contido. O máximo fora encontrado precisamente no meio dos restos mortais — aliás, bem raros — achados na superfície da camada de lodo. O exame consciencioso desses restos veneráveis não permitia duvidar de os homens, que viviam naquela época remota, terem adquirido, destarte, um desenvolvimento cerebral bem superior ao dos seus sucessores, inclusive, dos contemporâneos do zartog Sofr como tais. Houvera, pois, uma regressão manifesta, durante cento e sessenta ou cento e setenta séculos, seguida por uma nova ascensão.

Perturbado com esses fatos estranhos, Sofr levara as suas pesquisas adiante. A camada de lodo fora atravessada de par em par, numa espessura tal que, segundo as opiniões mais moderadas, o respectivo depósito teria exigido, pelo menos, quinze ou vinte mil anos. Indo-se mais longe, sobreviera a surpresa de serem achados tênues restos de uma antiga camada de húmus, e depois, embaixo daquele húmus, havia uma rocha, cuja natureza variava conforme a sede das pesquisas. Mas o espanto subira ao ápice quando alguns resquícios de origem incontestavelmente humana tinham sido arrancados daquelas profundezas misteriosas e trazidos à superfície. Eram parcelas de ossadas pertencentes a homens, bem como fragmentos de armas ou de máquinas, cacos de cerâmica, trechos de inscrições numa linguagem desconhecida, pedras duras, mas trabalhadas com sofisticação e, vez por outra, esculpidas em forma de estátuas quase intactas, capitéis delicadamente lapidados, etc., etc. O conjunto desses achados levara, logicamente, a induzir que, cerca de quarenta mil anos mais cedo, ou seja, vinte mil anos antes do momento em que teriam surgido, não se sabia donde nem como, os primeiros representantes da raça contemporânea, os homens já viviam naqueles mesmos lugares e tinham alcançado lá um degrau de civilização bem avançado.

Assim era, de fato, a conclusão geralmente aceita. No entanto, havia ao menos um dissidente.

Tal dissidente era Sofr em pessoa. Na visão dele, seria pura loucura admitir que outros homens, separados dos seus sucessores por um abismo de vinte mil anos, tivessem povoado a terra pela primeira vez. Donde teriam vindo, nesse caso, os descendentes dos ancestrais desaparecidos havia tanto tempo, aos quais nenhum laço os atava? Seria melhor ficar na expectativa do que acolher uma hipótese tão absurda! Do que esses fatos singulares não foram explicados não se concluía ainda que eram inexplicáveis. Chegar-se-ia a interpretá-los algum dia. E, até lá, convinha nem sequer levá-los em consideração, atendo-se àqueles princípios que satisfizessem plenamente a razão pura: "A vida planetária divide-se em duas fases: antes que o homem apareça, desde que o homem apareça. Na primeira delas, a terra, que se encontra em perpétua transformação, está, por este motivo, inabitável e inabitada. Na segunda fase, a crosta terrestre já atingiu certo grau de coesão permitindo a estabilidade. De pronto, tendo enfim um substrato sólido, a vida aparece. Estreia com as formas mais simples e não cessa de se tornar mais complexa para resultar finalmente no homem, a sua expressão derradeira e a mais completa. Mal surgindo na face da terra, o homem começa logo e continua sem parar a sua ascensão. Num caminhar lento, mas seguro, ele se dirige à sua finalidade, que são o conhecimento perfeito e o domínio absoluto do universo...".

Arrebatado pelo calor das suas convicções, Sofr passara rente à sua casa. Deu meia-volta, praguejando.

"Que coisa!" — dizia consigo. — "Admitir que o homem — há quarenta mil anos, quem sabe! — tenha construído uma civilização comparável, se não superior, à da qual nós gozamos presentemente, e que seus conhecimentos e suas aquisições tenham desaparecido sem deixar o mínimo rastro, a ponto de constranger os seus descendentes a recomeçarem a obra pela base, como se fossem os pioneiros de um mundo inabitado antes deles?... Mas seria o mesmo que negar o futuro, proclamar que nosso esforço é vão e que todo progresso humano é tão precário e inseguro quanto uma bolha de espuma à flor das ondas!"

Sofr se deteve em frente à sua casa.

"*Upsa ni!... hartchok!...* (Não, não! Em verdade!...) *Andart mir'hoë spha!...* (O homem é o mestre das coisas!...)" — murmurou, empurrando a porta.

* * *

Ao descansar por alguns instantes, o zartog almoçou com bom apetite, depois se espichou para fazer a sesta cotidiana. Mas as questões, que agitara retornando ao seu domicílio, continuavam a obcecá-lo e afastavam o sono.

Fosse qual fosse o seu desejo de estabelecer a irreprochável unidade dos métodos da natureza, não lhe faltava espírito crítico para reconhecer quão frágil se tornava o sistema dele tão logo se abordasse o problema da origem e da formação do homem. Constranger os fatos a calharem com uma hipótese prévia seria uma maneira de ter razão contra os outros, mas não contra si mesmo.

Se, em vez de ser um sábio, um eminentíssimo zartog, Sofr fizesse parte da classe dos iletrados, estaria menos embaraçado. De fato, o povo se contentava, sem perder tempo com profundas especulações, em aceitar, de olhos fechados, a velha lenda transmitida, desde os tempos imemoráveis, de pai para filho. Explicando o mistério com outro mistério, ela fazia a origem do homem remontar à intervenção de uma vontade superior. Um dia, aquela potência extraterrestre teria criado, a partir do nada, Hedom e Hiva, o primeiro homem e a primeira mulher, cujos descendentes haviam povoado a terra. Assim, tudo se encaixava mais simplesmente...

"Até demais!" — ponderava Sofr. Quando se desespera de compreender algo, é fácil demais, realmente, trazer à baila uma divindade: desse modo, a procura pela solução dos enigmas do universo torna-se inútil, pois os problemas são suprimidos tão logo surgirem.

Ainda se a lenda popular tivesse, pelo menos, a aparência de um fundamento sério!... Só que ela não se fundava em nada. Era apenas uma tradição, nascida em tempos de ignorância e transmitida depois de época em época. Até mesmo esse nome: "Hedom!"... Donde vinha esse vocábulo bizarro, de consonância estrangeira, que não aparentava pertencer à língua dos Andart'-Iten-Schu? Bastara essa pequena dificuldade filológica para uma infinidade de sábios descorar sem ter encontrado nenhuma resposta satisfatória... "Ora vamos! Tudo isso não passa de um palavrório indigno de reter a atenção de um zartog!..."

Irritado, Sofr desceu ao jardim. De resto, era bem nessa hora que costumava fazê-lo. O sol poente derramava sobre a terra um calor menos abrasador, e uma brisa tépida começava a soprar do Spone-Schu. O zartog vagueou pelas alamedas, à sombra das árvores cujas folhas frementes murmuravam ao vento do alto--mar, e seus nervos reouveram, aos poucos, o equilíbrio habitual. Conseguiu sacudir os pensamentos que o absorviam, vindo a gozar pacificamente do ar livre, a interessar-se pelos frutos, riqueza dos jardins, e pelas flores, adorno deles.

Quando o acaso do passeio o conduziu de volta até a casa, ele parou à beira de uma profunda escavação onde jaziam vários instrumentos. Ali seriam lançados, dentro em pouco, os alicerces de uma nova construção que duplicaria o tamanho do seu laboratório. Contudo, naquele dia festivo, os operários tinham abandonado o trabalho para se entregar aos prazeres.

    Sofr avaliava maquinalmente a obra já feita e a obra por fazer, quando, na penumbra da escavação, um ponto brilhante saltou-lhe aos olhos. Curioso, ele desceu ao fundo do buraco e desembaraçou um objeto singular, a três quartos recoberto por terra.

    Subindo à luz, o zartog examinou o achado. Era uma espécie de estojo feito de um metal desconhecido, da cor cinza, de textura granulosa, cujo brilho fora atenuado por uma longa permanência no solo. Uma fresta, que se estendia a um terço do seu comprimento, indicava que o estojo se formava de duas partes insertas uma na outra. Sofr tentou abri-lo.

    Com a primeira tentativa, o metal desagregado pelo tempo reduziu-se a pó, descobrindo outro objeto que estava lá dentro.

    A substância desse segundo objeto era tão nova para o zartog quanto o metal que o protegera até então. Era um rolo de folhas sobrepostas e cravadas de signos estranhos, cuja regularidade mostrava que eram caracteres de escrita, mas de uma escrita desconhecida, e tal que Sofr nunca tinha visto nada de semelhante nem mesmo de análogo.

    Todo trêmulo de emoção, o zartog foi correndo trancar-se no seu laboratório e, ao desdobrar cuidadosamente o precioso documento, considerou-o.

    Sim, era mesmo uma escrita: nada mais certo. Nem menos certo, porém, que essa escrita não se parecia em nada a nenhuma daquelas que, desde a origem dos tempos históricos, eram praticadas em toda a superfície da terra.

Donde vinha esse documento? O que significava? Tais foram as duas questões que se apresentaram, de forma espontânea, à mente de Sofr.

Para responder à primeira delas, necessitava-se estar em condição de responder à segunda. Tratava-se, pois, de ler, antes de tudo, e de traduzir em seguida, porque se podia afirmar *a priori* que a língua do documento seria tão ignorada quanto a sua escrita.

Era impossível mesmo? O zartog Sofr acreditava que não e, sem mais tardar, pôs-se febrilmente ao trabalho.

Aquele trabalho durou muito, muito tempo, anos inteiros. Sofr não se enfastiou nem um pouco. Sem se desanimar, prosseguiu no estudo metódico do misterioso documento, avançando, passo a passo, rumo à luz. Veio, enfim, um dia em que ele se apossou da chave desse rébus indecifrável; veio um dia em que, com muita hesitação e muito esforço ainda, ele conseguiu traduzi-lo para a língua dos Homens dos Quatro Mares.

Assim, quando aquele dia chegou, o zartog Sofr--Aï-Sr leu o seguinte:

* * *

Rosário, 24 de maio de 2...

Estou datando desta maneira o início de meu relato, conquanto, na realidade, ele tenha sido redigido numa outra data, muito mais recente, em paragens bem diferentes. Mas, em semelhante matéria, a ordem é, a meu ver, imperiosamente necessária, razão pela qual eu adoto a forma de um "diário" escrito ao passar dos dias.

Destarte, é no dia 24 de maio que começa o relato dos pavorosos eventos que pretendo narrar aqui para o ensinamento daqueles que virão depois de mim, se, todavia, a humanidade ainda tem o direito de contar com qualquer futuro que seja.

Em que idioma é que vou escrever? Em inglês ou em espanhol, que falo fluentemente? Não! Usarei o idioma de meu país: o francês.

Naquele dia, 24 de maio, eu reunia alguns amigos na minha mansão em Rosário.

Rosário é, ou melhor, era uma cidade no México, no litoral do Pacífico, um pouco ao sul do golfo da Califórnia. Lá me instalara, havia uns dez anos, para dirigir a exploração de uma mina de prata da qual era o único proprietário. Meus negócios haviam espantosamente prosperado. Eu era um homem rico, até mesmo riquíssimo — essa palavra me faz rir tanto hoje! —, e planejava voltar, dentro em pouco, para a França, minha terra pátria.

A minha mansão, uma das mais luxuosas, estava situada no ponto culminante de um vasto jardim que descia, em ladeira, para o mar e terminava bruscamente num penhasco escarpado, de mais de cem metros de altura. Detrás da minha mansão, o terreno continuava a subir, podendo-se, por alguns caminhos em laço, atingir a crista de uma serra cuja altitude ultrapassava mil e quinhentos metros. Diversas vezes — e era um agradável passeio! — percorrera-as de baixo para cima em meu automóvel, um magnífico e potente fáeton duplo, de trinta e cinco cavalos, de uma das melhores marcas francesas.

Morava em Rosário com meu filho, Jean, um bonito rapaz de vinte anos, quando, após a morte de parentes distantes pelo sangue, mas próximos ao meu coração, acolhi a filha deles, Hélène, que ficara órfã e sem fortuna. Haviam passado, desde aquela época, cinco anos. Meu filho Jean tinha vinte e cinco anos, minha pupila Hélène, vinte. No íntimo de minha alma, eu destinava esses jovens um ao outro.

Nosso serviço era assegurado por um criado de quarto, chamado Germain, por Modeste Simonat, um motorista dos mais espertos, e por duas mulheres, Edith e Mary, filhas de meu jardineiro, George Raleigh, e de sua esposa Anna.

Naquele dia, 24 de maio, estávamos oito, sentados ao redor da minha mesa, à luz das lâmpadas alimentadas por conjuntos eletrógenos instalados no jardim. Havia lá, salvo o dono da casa, seu filho e sua pupila, cinco outros convivas, três dos quais pertenciam à raça anglo-saxã, e dois, à nação mexicana.

O doutor Bathurst figurava entre os primeiros, e o doutor Moreno entre os últimos. Eram dois sábios, na mais ampla acepção do termo, o que não os impedia de concordarem bem raramente. Em suma, gente boa e os melhores amigos do mundo.

Os dois outros anglo-saxões eram Williamson, proprietário de uma importante pescaria de Rosário, e Rowling, um audacioso que fundara, nas redondezas da cidade, uma fazenda de frutas e legumes precoces, onde estava granjeando uma vultosa fortuna.

Quanto ao último conviva, era o *señor* Mendoza, o presidente do tribunal de Rosário, homem respeitável, de espírito culto, e juiz íntegro.

Chegamos, sem incidentes notáveis, ao fim da refeição. Já me esqueci das palavras que pronunciáramos até lá. Em compensação, não se deu o mesmo com aquilo que fora dito no momento de fumarmos charutos.

Não é que aquelas conversas tivessem uma importância particular em si, mas o comentário brutal, que devia logo ser feito acerca delas, não deixa de lhes atribuir certo caráter picante, razão pela qual elas nunca se apagaram da minha mente.

Havíamos chegado — pouco importa como! — a falar do maravilhoso progresso realizado pelo homem. Em certo momento, o doutor Bathurst disse:

— O fato é que, se Adão (em sua qualidade de anglo-saxão, pronunciava, naturalmente, *Edem*) e Eva (pronunciava *Iva*, bem entendido) voltassem à terra, ficariam bastante surpresos!

Essa foi a origem da discussão. Fervoroso darwinista, partidário convicto da seleção natural, Moreno perguntou a Bathurst, num tom irônico, se ele acreditava seriamente naquela lenda do Paraíso terrestre. Bathurst respondeu que acreditava, pelo menos, em Deus e, sendo a existência de Adão e Eva garantida pela Bíblia, proibia a si próprio de discuti-la. Moreno replicou de pronto que acreditava em Deus, pelo menos, tanto quanto o seu oponente, porém o primeiro homem e a primeira mulher podiam muito bem ser apenas mitos ou símbolos, e não havia, por conseguinte, nada de ímpio em supormos que a Bíblia quisesse representar assim o sopro de vida introduzido pela potência criadora na primeira célula da qual tinham provindo depois todas as outras. Bathurst retrucou dizendo que a explicação era especiosa, e que ele, pessoalmente, achava mais lisonjeiro ser uma obra direta da divindade do que descender dela por intermédio de primatas mais ou menos simiescos...

Eu antevi o momento em que a discussão ficaria acalorada, quando ela cessou de repente, tendo os dois adversários encontrado, por mero acaso, um meio-termo. Aliás, era assim que as coisas terminavam de praxe.

Dessa vez, retomando o seu primeiro tema, os dois antagonistas concordavam em admirar, fosse qual fosse a origem da humanidade, a alta cultura que ela havia alcançado; enumeravam as conquistas dela com orgulho. Mencionaram-nas todas. Bathurst exaltou a química, levada a tal grau de perfeição que tendia a desaparecer para se confundir com a física, de modo que essas duas ciências formassem uma só, tendo por assunto o estudo da imanente energia. Moreno elogiou a medicina e a cirurgia, graças às quais fora perscrutada a íntima natureza do fenômeno da vida e cujas prodigiosas descobertas permitiam esperar, num futuro próximo, pela imortalidade dos organismos animados. Depois disso, ambos se congratularam com as alturas que alcançara a astronomia. Não se comunicava agora, no aguardo das estrelas, com sete dos planetas do sistema solar?...[3]

Cansados de seu entusiasmo, os dois apologistas fizeram uma pequena pausa. Os outros convivas aproveitaram-na para inserir, por sua vez, uma palavrinha, e nós entramos no vasto campo das invenções práticas que haviam modificado, tão profundamente assim, a condição da humanidade. Celebramos as estradas de ferro e os navios a vapor, destinados ao transporte de mercadorias pesadas e atravancantes, as aeronaves econômicas, utilizadas pelos viajantes a quem o tempo não falta, os tubos pneumáticos ou eletro-iônicos a sulcarem todos os continentes e todos os mares, adotados pela gente apressada. Celebramos as inúmeras máquinas, umas mais engenhosas do que as outras, apenas uma das quais executa, em certas indústrias, o trabalho de cem homens. Celebramos a imprensa, a fotografia das cores e da luz, a do som, do calor e de todas as vibrações do éter. Celebramos, sobretudo, a eletricidade, esse agente tão flexível, tão dócil e tão perfeitamente conhecido em suas propriedades e em sua essência, que permite, sem o mínimo conector material, ora acionar um mecanismo qualquer, ora dirigir uma nave marinha, submarinha ou aérea, ora estabelecer, por maior que seja a distância, contatos escritos, sônicos ou visuais.

---

[3] É preciso concluirmos dessas palavras que, no momento em que esse diário *for* escrito, o sistema solar *compreenderá* mais de oito planetas, e que o homem *terá*, por conseguinte, descoberto um ou vários planetas situados além de Netuno. (N. T.)

Em resumo, foi um verdadeiro ditirambo do qual eu também, confesso, participei. Acabamos por concordar sobre aquele ponto de que a humanidade alcançara um nível intelectual desconhecido antes da nossa época e permitindo acreditar em sua vitória definitiva sobre a natureza.

— Entretanto — disse, com sua vozinha flautada, o presidente Mendoza, aproveitando o silêncio instantâneo que se seguiu àquela conclusão final —, tomo a liberdade de dizer que alguns povos, hoje desaparecidos sem deixar o mínimo rastro, haviam já alcançado uma civilização igual ou análoga à nossa.

— Que povos? — indagou, com uma só voz, a mesa toda.

— Mas então... por exemplo, os babilônios.

Houve uma explosão de hilaridade. Ousar comparar os babilônios aos homens modernos!

— Os egípcios — continuava o *Don* Mendoza, tranquilamente.

Riu-se ainda mais forte à sua volta.

— Há também os atlantes, que apenas a nossa ignorância torna lendários — prosseguiu o presidente.

— Acrescente-se que uma infinidade de outras humanidades, anteriores até mesmo aos atlantes, pode ter nascido, prosperado e sumido sem que façamos a menor ideia disso!

Como o *Don* Mendoza persistia em seu paradoxo, consentimos, a fim de não contrariá-lo, em fingir que o levávamos a sério.

— Vejamos, meu caro presidente — insinuou Moreno, naquele tom que tratamos de adotar para arrazoarmos com uma criança —, o senhor não quer afirmar, imagino eu, que algum desses povos antigos possa ser comparado conosco?... No aspecto moral, admito que eles se tenham elevado a um grau igual de cultura, porém, no aspecto material...

— Por que não? — objetou o *Don* Mendoza.

— Porque — apressou-se a explicar Bathurst — o próprio das nossas invenções é que elas se espalham instantaneamente por toda a terra: a desaparição de um único povo, ou mesmo de grande número de povos, deixaria, pois, intacta a soma de progressos realizados. Para que o esforço humano se perdesse, seria preciso que a humanidade inteira sumisse de vez. Esta é, pergunto ao senhor, uma hipótese admissível?...

Enquanto proseávamos assim, os efeitos e as causas continuavam a engendrar um ao outro, de forma recíproca, no infinito do universo, e, menos de um minuto após a pergunta que o doutor Bathurst acabava de fazer, a resultante total deles não faria outra coisa senão justificar cabalmente o ceticismo de Mendoza. Contudo, nem por sombra suspeitávamos disso e discorríamos pacificamente, encostando-se uns sobre o espaldar de seu assento, apoiando-se outros na mesa com os cotovelos, e todos juntos dirigindo olhares compassivos para Mendoza, que supúnhamos melindrado com a réplica de Bathurst.

— Primeiro — respondeu o presidente sem se emocionar —, é de crer que a terra tinha outrora menos habitantes do que tem hoje, de tal sorte que um povo podia muito bem possuir sozinho o saber universal. E depois, não vejo nada de absurdo, *a priori*, em admitir que toda a superfície do globo terrestre venha a ser abalada ao mesmo tempo.

— Ora vamos! — exclamamos em uníssono.

E foi naquele exato momento que sobreveio o cataclismo.

Ainda pronunciávamos, todos juntos, esse "Ora vamos!", quando se ouviu um estrondo terrível. O solo tremeu, faltando aos nossos pés, a mansão oscilou sobre os alicerces.

Colidindo, empurrando um ao outro, tomados de um pavor indizível, precipitamo-nos para fora.

Mal passáramos o limiar, e a casa já estava ruindo, num bloco só, enterrando sob os escombros o presidente Mendoza e meu criado de quarto Germain, os últimos a sair. Após alguns segundos de desatino bem natural, dispúnhamo-nos a socorrê-los quando avistamos Raleigh, meu jardineiro, que vinha correndo, seguido pela esposa, da parte baixa do jardim, onde ele morava.

— O mar!... O mar!... — gritava, a plenos pulmões.

Virei-me para o lado do oceano e fiquei imóvel, tomado de estupor. Não que me desse nitidamente conta do que via, mas tive, de imediato, a clara noção de que a perspectiva costumeira havia mudado. Ora, não bastaria mesmo, para gelar o coração de espanto, que o aspecto da natureza, daquela natureza que consideramos essencialmente imutável, tivesse sido tão estranhamente modificado em poucos segundos?

No entanto, não demorei a recuperar meu sangue--frio. A verdadeira superioridade do homem não consiste em dominar e vencer a natureza, mas, para um pensador, em compreendê-la, fazendo que o imenso universo caiba no microcosmo do seu cérebro, e, para um homem de ação, em manter a serenidade espiritual ante a revolta da matéria, dizendo-lhe: "Destruir-me, que seja! Comover-me, jamais!..."

Tão logo reconquistei a minha calma, compreendi que o quadro, que tinha diante dos olhos, diferia daquele que estava acostumado a contemplar. O penhasco havia desaparecido, mui simplesmente, e meu jardim se abaixara até o nível do mar, cujas ondas, ao aniquilarem a casa do jardineiro, batiam furiosamente nos meus canteiros mais baixos.

Como era pouco provável que o nível da água tivesse subido, o da terra devia, necessariamente, ter descido. A descida ultrapassava cem metros, posto que o penhasco tinha anteriormente essa altura, porém se fizera, sem dúvida, com certa suavidade, pois quase não reparáramos nela, o que explicava a relativa calma do oceano.

Um breve exame convenceu-me de minha hipótese ser justa e permitiu-me, além do mais, constatar que a descida não cessara ainda. De fato, o mar vinha avançando com uma velocidade que me pareceu próxima de dois metros por segundo, ou seja, sete ou oito quilômetros por hora. Dada a distância que nos separava das primeiras ondas, haveríamos, por conseguinte, de ser engolidos em menos de três minutos, se a velocidade da queda permanecesse uniforme.

Minha decisão foi rápida.

— Ao carro! — exclamei.

Entenderam-me. Arrojamo-nos todos para a garagem, e o carro foi arrastado para fora. Num piscar de olhos, enchemos o tanque, depois nos empilhamos, de qualquer jeito, lá dentro. Meu motorista Simonat ligou o motor, saltou ao volante, pisou na embreagem e arrancou, em quarta velocidade, pista afora, enquanto Raleigh, ao abrir o portão, agarrava-se ao carro que passava e agadanhava a suspensão traseira.

E era tempo! No momento em que o carro enveredava pela pista, um vagalhão veio, partindo-se, molhar as rodas dele até o cubo.

Irra! Daí em diante, podíamos rir da perseguição do mar. Não obstante a sua carga excessiva, minha boa máquina saberia colocar-nos fora do seu alcance, e, a menos que a descida para o abismo fosse continuar indefinidamente... Em suma, tínhamos chão pela frente: duas horas de subida, ao menos, e uma altitude disponível de cerca de mil e quinhentos metros.

Contudo, não demorei a reconhecer que não convinha ainda aclamar a vitória. Desde que o primeiro salto do carro nos afastara, uns vinte metros, da franja de espuma, Simonat tem pisado em vão no acelerador: essa distância não aumentou. Sem dúvida, o peso de doze pessoas retardava a corrida da viatura. Fosse como fosse, a velocidade dessa corrida era justo igual à da água invasora que permanecia invariavelmente à mesma distância.

Tal inquietante situação ficou logo óbvia, e todos nós, exceto Simonat que se aplicava em dirigir o carro, viramo-nos para o caminho que deixávamos para trás. Não se via mais nada ali, senão a água. À medida que a galgávamos, a pista desaparecia no mar que a galgava por sua vez. O mar se tinha acalmado. Algumas encrespações apenas vinham suavemente morrer sobre uma praia sempre nova. Era um lago plácido que se inflava, que se inflava cada vez mais, em movimento uniforme, e nada era tão trágico quanto a perseguição dessa água serena. Debalde fugíamos dela: a água subia, implacável, conosco...

Simonat, que não despregava os olhos da pista, disse, numa das curvas:

— Estamos no meio da ladeira. Mais uma hora de subida.

Estremecemos: pois então, dentro de uma hora íamos alcançar o topo, e seria preciso descermos de novo, caçados e, por fim, apanhados, qualquer que fosse a nossa velocidade, pelas massas líquidas cuja avalanche desabaria em nosso encalço!...

Aquela hora transcorreu sem nada ter mudado em nossa situação. Já divisávamos o ponto culminante da costa, quando a viatura teve um violento solavanco e fez uma guinada que quase a despedaçou contra o talude da pista. Ao mesmo tempo, uma vaga enorme ergueu-se atrás de nós, arrojou-se ao assalto da pista, encurvou-se e, finalmente, tombou sobre o carro, que ficou cercado de espuma... Iríamos mesmo afundar?...

Não! A água se retirou, borbulhando, enquanto o motor, cujo ronco se acelerara de súbito, agilizava a nossa corrida.

O que ocasionava esse repentino acréscimo de velocidade? Um grito de Anna Raleigh fez que o compreendêssemos: como a pobre mulher acabara de constatar, seu marido não estava mais agarrado à suspensão. Decerto o redemoinho carregara o infeliz, razão pela qual o carro deslastrado escalava mais lestamente a ladeira.

De chofre, ele parou.

— O que há? — perguntei a Simonat. — Uma pane?

Mesmo naquelas circunstâncias trágicas, o orgulho profissional não perdeu seus direitos: Simonat encolheu desdenhosamente os ombros, dando-me a entender que a pane era algo ignorado por um motorista de sua estirpe, e, silencioso, apontou para a pista. A parada me foi então explicada.

A pista estava cortada a menos de dez metros em nossa frente. "Cortada" é o termo certo: dir-se-ia que fora fendida com uma faca. Além de uma quina nítida que a rematava abruptamente, era um vazio, um tenebroso abismo no fundo do qual não se distinguia mais nada.

Viramo-nos, desvairados, certos de que soara a nossa última hora. O oceano, que nos perseguira até naquelas alturas, havia de nos engolir em poucos segundos...

Todos nós, exceto a desditosa Anna e seus filhos que soluçavam de partir o coração, demos um grito de alegre surpresa. Não, a água não continuara o seu movimento ascensional, ou, mais precisamente, a terra cessara de soçobrar. Sem dúvida, o solavanco que acabáramos de sentir tinha sido a última manifestação do fenômeno. O oceano havia parado, e seu nível permanecia a cerca de cem metros embaixo do ponto onde estávamos agrupados em volta do carro ainda trepidante, parecido com um animal estafado por uma corrida rápida.

Conseguiríamos escapar dessa situação complicada? Saberíamos disso tão só ao amanhecer. Até lá, tínhamos de esperar. Então nos estendemos, um após o outro, no solo, e creio, Deus me perdoe, que adormeci!...

Durante a noite

Fico acordado, em sobressalto, por um barulho formidável. Que horas são? Não sei. Em todo caso, estamos ainda imersos nas trevas da noite.

O barulho sai do abismo impenetrável no qual desabou a pista. O que está acontecendo?... Jurar-se-ia que massas d'água caiam ali em cataratas, que vagalhões gigantescos ali se entrechoquem com violência... Sim, é bem isso, já que volutas de espuma chegam até nós, e estamos cobertos de respingos.

Depois a calma renasce pouco a pouco... Tudo retorna ao silêncio... O céu empalidece... É a luz do dia.

25 de maio

Que suplício, essa lenta revelação da nossa situação verdadeira! A princípio, só enxergamos as cercanias imediatas, porém o círculo aumenta, aumenta sem cessar, como se nossa esperança continuamente frustrada soerguesse, um após o outro, um número infinito de véus leves. E eis que a plena luz acaba destruindo as nossas últimas ilusões.

Nossa situação é a das mais simples e pode ser resumida em poucas palavras: estamos numa ilha. O mar nos circunda por toda a parte. Ontem ainda teríamos avistado todo um oceano de cimos, vários dos quais sobrepujavam o que nós ocupamos: aqueles cimos sumiram, enquanto, por motivos que ficarão para sempre ignotos, o nosso, embora mais humilde, deteve-se em sua queda tranquila; estende-se, no lugar deles, uma camada d'água sem limites. Nada senão o mar, de todos os lados. Ocupamos o único ponto sólido do imenso círculo descrito pelo horizonte.

Basta-nos uma olhada para conhecermos, em toda a sua extensão, a ilhota onde uma sorte extraordinária nos fez encontrar asilo. O tamanho dela é pequeno, de fato: mil metros de comprimento, quando muito, e quinhentos na outra dimensão. Pelos lados norte, oeste e sul, seu topo, elevado a cerca de cem metros acima das ondas, é ligado a elas por uma encosta bastante suave. Do lado leste, pelo contrário, a ilhota termina num penhasco que cai, escarpado, no oceano.

É, sobretudo, naquela direção que se voltam os nossos olhos. É daquele lado que deveríamos ver as montanhas em degraus e, além delas, o México por inteiro. Que mudança é que ocorreu no espaço de uma curta noite primaveril! As montanhas desapareceram, o México foi a pique! Um deserto infindo se encontra no lugar dele: o árido deserto do mar!

Apavorados, olhamos um para o outro. Encarcerados, sem víveres nem água, sobre aquela rocha estreita e nua, não podemos conservar nem a mínima esperança. Ariscos, deitamo-nos no solo e começamos a esperar pela morte.

A bordo da *Virgínia*, 4 de junho

O que aconteceu durante os dias seguintes? Não me lembro mais disso. É de supor que finalmente tenha perdido os sentidos: só recupero a consciência a bordo do navio que nos recolheu. Apenas então é que fico ciente de termos passado dez dias inteiros naquela ilhota, e de que dois dentre nós, Williamson e Rowling, morreram lá de sede e de fome. Dos quinze seres vivos, que minha mansão acolhia no momento do cataclismo, restam só nove: meu filho Jean e minha pupila Hélène, meu motorista Simonat, inconsolável pela perda de sua máquina, Anna Raleigh e os dois filhos dela, os doutores Bathurst e Moreno, e eu mesmo, enfim, eu que me apresso a redigir estas linhas para a edificação das raças futuras, admitindo-se que venham a nascer outras.

A *Virgínia* que nos leva é uma embarcação mista, a vapor e a velas, de duas mil toneladas aproximadamente, destinada ao transporte de mercadorias. É um navio bastante velho, de velocidade mediana. O capitão Morris tem vinte homens sob o seu comando. O capitão e os tripulantes são ingleses.

A *Virgínia* zarpou de Melbourne sem carga, há pouco mais de um mês, rumo a Rosário. Nenhum incidente marcou a sua viagem, exceto, na noite de 24 para 25 de maio, uma série de ondas de fundo, de altura prodigiosa, mas de comprimento proporcional, o que as tornou inofensivas. Por mais singulares que fossem, aquelas ondas não podiam levar o capitão a prever o cataclismo que se operava no mesmo instante.

Portanto, ele ficou muito surpreso em ver tão somente o mar naquela área onde contava encontrar Rosário e o litoral mexicano. Do litoral todo, sobrava apenas uma ilhota. Um bote da *Virgínia* aportou naquela ilhota, e onze corpos inanimados foram descobertos ali. Dois não passavam mais de cadáveres, embarcando-se os outros nove. Assim é que fomos salvos.

* * *

Em terra firme. — Janeiro ou fevereiro.

Um intervalo de oito meses separa as últimas linhas que precedem das primeiras que seguirão. Na impossibilidade de ser mais preciso, em que me vejo, estou datando estas linhas de janeiro ou fevereiro, pois não tenho mais exata noção de tempo.

Esses oito meses constituem o período mais atroz de nossas provações, quando, de maneira cruelmente gradual, chegamos a abranger toda a nossa desgraça...

Depois de nos recolher, a *Virgínia* continuou avançando, a todo vapor, para o leste. Quando recuperei os sentidos, a ilhota onde quase morrêramos estava, havia tempos, embaixo do horizonte. Conforme indicou a localização que o capitão definiu num dia desanuviado, navegávamos então justo naquele lugar onde deveria ficar a cidade do México. Entretanto, não restava, daquela cidade, traço algum, do mesmo modo que não se achara, ao longo do meu desfalecimento, nenhum vestígio das montanhas centrais nem se distinguia agora nada que sobrasse de qualquer outra terra, por maior que fosse o alcance da vista: de todos os lados, era apenas a infinitude do mar.

Havia, nessa constatação, algo que realmente desatinava. Sentíamos que a razão estava prestes a abandonar-nos. Ora, o México inteiro submerso!... Trocávamos olhares apavorados, perguntando a nós mesmos até onde se propagara a devastação do tétrico cataclismo...

O capitão quis ter plena certeza disso. Modificando o itinerário, dirigiu o navio para o norte: se o México não existia mais, não se admitia que o mesmo tivesse ocorrido com todo o continente americano.

Todavia, ocorrera mesmo! Debalde subimos ao norte por doze dias, sem encontrarmos a terra firme; tampouco a encontramos alhures, depois de fazer uma volta completa e rumar, durante quase um mês, para o sul. Por mais paradoxal que ela nos parecesse, tivemos de nos render à evidência: sim, a totalidade do continente americano mergulhara no abismo do mar.

Não fôramos, pois, salvos senão para vivenciar, pela segunda vez, o terror da agonia? Tínhamos, em verdade, de temer isso. Sem falar dos víveres que viriam a faltar um dia desses, ameaçava-nos outro perigo iminente: o que seria de nós, quando o esgotamento do carvão ocasionasse a parada da máquina? Assim cessa de bater o coração de um animal exangue. Por esse motivo, no dia 14 de julho — então nos encontrávamos, aproximadamente, no antigo local de Buenos-Aires —, o capitão Morris mandou apagar a fornalha e içar as velas. Feito isso, reuniu todo o pessoal da *Virgínia*, tripulantes e passageiros, e, expondo-nos, em poucas palavras, a situação, pediu que refletíssemos com maturidade e propuséssemos uma solução, que fosse de nossa preferência, ao conselho marcado para o dia seguinte.

Não sei se algum dos meus companheiros de infortúnio teria idealizado algum expediente mais ou menos engenhoso. Por minha parte, confesso que estava hesitando, muito incerto sobre a melhor decisão a tomarmos, quando uma tempestade, que se elevou à noite, resolveu de vez a questão: tivemos de fugir para o oeste, carregados por um vento desenfreado, prestes, a cada instante, a ser engolidos por um mar furioso.

O furacão durou trinta e cinco dias, sem um minuto de interrupção nem mesmo de trégua. Já pensávamos, desesperados, que nunca acabaria, quando, no dia 19 de agosto, o bom tempo voltou, tão repentinamente quanto havia cessado. O capitão aproveitou-o para definir a localização: o cálculo deu 40° de latitude norte e 114° de longitude leste. Eram as coordenadas de Pequim!

Passáramos, então, acima da Polinésia e, talvez, da Austrália, sem sequer nos darmos conta daquilo, e lá onde vogávamos agora estendia-se, noutros tempos, a capital de um império de quatrocentos milhões de almas!

A Ásia compartilhara, pois, o destino da América?

Logo nos convencemos disso. A *Virgínia*, que continuava a navegar rumo ao sudoeste, chegou à altura do Tibete, depois à do Himalaia. Ali deveriam erguer-se os mais altos cimos do globo terrestre. Pois bem: nada emergia, fosse qual fosse a direção, da superfície do oceano. Era de acreditarmos que não existisse mais, sobre a terra, outro ponto sólido senão a ilhota que nos salvara, e que nós fôssemos os únicos sobreviventes do cataclismo, os últimos habitantes de um mundo sepultado no móvel sudário do mar!

Assim sendo, a nossa vez de perecermos não demoraria a chegar. Apesar de um racionamento severo, os víveres de bordo esgotavam-se realmente, cumprindo-nos perder, nesse caso, toda e qualquer esperança de renová-los...

Eu abrevio o relato dessa alucinante navegação. Se tentasse, para recontá-la em detalhes, revivê-la dia após dia, as recordações me enlouqueceriam. Por mais estranhos e terríveis que sejam os eventos que lhe precederam e sucederam, por mais lamentável que me pareça o futuro — um futuro que não verei —, foi ainda no decorrer dessa navegação infernal que conhecemos o máximo do pavor. Oh, essa perpétua corrida por um mar sem fim! Esperarmos, todos os dias, que aportemos algures e vermos o término da viagem recuar incessantemente! Vivermos curvados sobre os mapas, onde os homens haviam traçado a sinuosa linha dos litorais, e constatarmos que nada mais, absolutamente nada, sobra daquelas regiões que eles imaginavam eternas! Dizermos para nós mesmos que a terra pulsava cheia de vidas inumeráveis, que milhões de pessoas e miríades de animais percorriam-na em todas as direções ou sulcavam a sua atmosfera, e que tudo morreu de uma só vez, que todas aquelas vidas se extinguiram juntas, como uma flâmula ao sopro do vento! Procurarmos, por toda parte, nossos semelhantes, e procurarmos em vão! Adquirirmos, pouco a pouco, a certeza de não existir, ao nosso redor, nada vivo, e gradualmente nos conscientizarmos de nossa solidão no meio de um universo inexorável!...

Será que encontrei os termos convenientes para exprimir a nossa angústia? Não sei. Os termos adequados a uma situação sem precedentes não devem existir em nenhuma língua.

Ao reconhecermos o mar onde se situava outrora a península Indiana, tornamos a subir ao norte, por dez dias, e depois rumamos para o oeste. Sem que a nossa condição mudasse de modo algum, transpusemos a cadeia dos Urais, transformados em montanhas submarinas, e navegamos acima daquilo que fora a Europa. Descemos, em seguida, ao sul, até vinte graus além do equador; depois disso, cansados de nossa busca inútil, dirigimo-nos outra vez para o norte e atravessamos, até cruzarmos os Pireneus, uma extensão d'água que recobria a África e a Espanha. Já começávamos, seja dita a verdade, a habituar-nos ao nosso pavor. À medida que avançávamos, pontilhávamos o nosso trajeto nos mapas e dizíamos conosco: "Aqui era Moscou... Varsóvia... Berlim... Viena... Roma... Túnis... Tombuctu... São-Luís... Orã... Madri...", porém com uma indiferença crescente, e eis que, auxiliados pelo costume, acabamos pronunciando essas palavras, na realidade tão trágicas, sem emoção.

Entretanto eu, pelo menos, não tinha esgotado a minha capacidade de sofrer. Apercebi-me disso naquele dia — foi, aproximadamente, no dia 11 de dezembro — em que o capitão Morris me disse: "Aqui era Paris...". Pareceu-me, àquelas palavras, que me arrancavam a alma. O universo inteiro afundara, que seja! Mas a França — minha França! — e Paris, que a simbolizava!...

Ouvi, ao meu lado, algo semelhante a um soluço. Virei-me: era Simonat quem chorava.

Durante quatro dias ainda, continuamos rumando para o norte, depois, ao chegarmos à altura de Edimburgo, voltamos a descer ao sudoeste, em busca da Irlanda, e depois seguimos para o leste... Na realidade, errávamos ao acaso, pois não havia maiores razões para irmos numa direção do que noutra qualquer...

Passamos acima de Londres, cujo sepulcro líquido foi saudado por toda a tripulação. Ao cabo de cinco dias, estávamos à altura de Danzig, quando o capitão Morris mandou fazer uma volta completa e dirigir o navio para o sudoeste. O timoneiro obedeceu passivamente. O que é que isso tinha a ver com ele? Não seria a mesma coisa por toda parte?...

Foi no nono dia de navegação naquela área do mundo que comemos o nosso último pedaço de biscoito.

Como nos entreolhávamos com olhos desvairados, o capitão Morris ordenou subitamente reacender a fornalha. Por qual ideia é que se deixava levar? Ainda me indago acerca disso; porém, a ordem foi executada: a velocidade do navio aumentou...

Dois dias mais tarde, já sofríamos cruelmente de fome. Passados outros dois dias, quase todos se recusavam obstinadamente a levantar-se; só o capitão, Simonat, alguns homens da tripulação e eu mesmo é que tínhamos energia para assegurar a direção do navio.

No dia seguinte, o quinto dia de jejum, o número de timoneiros e mecânicos voluntários decresceu ainda. Em vinte e quatro horas, ninguém teria mais força para se manter em pé.

Estávamos navegando, então, havia mais de sete meses. Havia mais de sete meses, cruzávamos o mar em todas as direções. Devia ser, creio eu, o dia 8 de janeiro. Digo "creio eu" na impossibilidade de ser mais exato, já que desde lá, o calendário havia perdido, para nós, boa parte do seu rigor.

Ora, foi naquele dia, enquanto eu governava o navio e me empenhava em concentrar toda a minha atenção desfalecente na linha de fé da bússola, que imaginei discernir algo no oeste. Achando-me vítima de uma ilusão, arregalei os olhos...

Não me iludira, não.

Soltei um verdadeiro rugido; a seguir, agarrando-me ao timão, gritei com uma voz forte:

— Terra por estibordo em frente!

Que efeito mágico é que surtiram essas palavras! Todos os moribundos ressuscitaram de vez e seus macilentos semblantes apareceram sobre a amurada do estibordo.

— É mesmo uma terra — disse o capitão Morris, ao examinar a nuvem que emergia no horizonte.

Meia hora mais tarde, era impossível conservarmos a mínima dúvida. Era mesmo uma terra que encontrávamos em pleno oceano Atlântico, depois de buscá-la em vão em toda a superfície dos continentes antigos!

Pelas três horas da tarde, os detalhes do litoral que nos barrava a passagem tornaram-se perceptíveis e eis que sentimos o nosso desespero renascer. É que esse litoral não se assemelhava, em verdade, a nenhum outro, e nenhum dentre nós se lembrava de jamais ter visto um que fosse tão absoluta, tão perfeitamente selvagem.

Sobre a terra, tal como a habitávamos antes do desastre, o verde era uma cor bem abundante. Nenhum dentre nós conhecia sequer uma costa tão deserdada, uma região tão árida, onde não houvesse alguns arbustos, ou então alguns tufos de junco marinho, ou simplesmente uns traços de líquenes ou de musgos. Ali, nada disso. Apenas se distinguia um alto penhasco enegrecido, ao pé do qual jazia um caos de rochas, sem uma planta, sem uma ervinha sequer. Era a desolação, o quanto ela pudesse ser total e absoluta.

Passamos dois dias margeando aquele penhasco abrupto, sem descobrirmos a menor fissura nele. Foi somente ao entardecer do segundo dia que descobrimos uma vasta baía, bem abrigada de todos os ventos do alto-mar, no fundo da qual deixamos cair a âncora.

Ao alcançarmos a terra de botes, tratamos, em primeiro lugar, de recolher a nossa comida na praia. Ela estava coberta de centenas de tartarugas e de milhões de mariscos. Nos interstícios dos escolhos, via-se uma quantidade fabulosa de caranguejos, lavagantes e lagostas, e isso sem prejuízo aos inúmeros peixes. Era evidente que aquele mar, tão ricamente povoado, bastaria, na falta de outros recursos, para garantir o nosso sustento por um tempo ilimitado.

Quando nos recuperamos, uma rachadura do penhasco permitiu-nos subir ao planalto, onde descobrimos um amplo espaço. O aspecto do litoral não nos enganara: de todos os lados, em todas as direções, só havia rochedos áridos, recobertos de algas e de sargaços geralmente ressequidos, sem a menor ervinha, sem nada vivo na terra nem no céu. Aqui ou acolá, umas lagoas, ou melhor, uns tanques brilhavam aos raios do sol. Querendo matar a sede, reconhecemos que a água deles era salgada.

Nem ficamos surpresos com isso, para dizer a verdade. O fato confirmava o que havíamos suposto desde logo, a saber, que tal continente desconhecido nascera na véspera, saindo, num bloco só, das profundezas do mar. Isso explicava a sua aridez, bem como a sua perfeita solidão. Explicava ainda aquela espessa camada de lodo uniformemente espalhado, que, em consequência da evaporação, começava a fender-se e a reduzir-se a pó...

No dia seguinte, ao meio-dia, o cálculo deu 17°20' de latitude norte e 23°55' de longitude oeste. Marcando esse ponto no mapa, pudemos ver que se encontrava bem no meio do mar, aproximadamente à altura do Cabo Verde. No entanto, a terra firme, ao oeste, e o mar, ao leste, estendiam-se agora a perder de vista.

Por mais rebarbativo e inóspito que fosse o continente onde nos estabelecêramos, fomos obrigados a contentar-nos com ele. Por isso é que procedemos ao descarregamento da *Virgínia* sem mais esperarmos. Levamos até o planalto tudo quanto o navio continha, sem escolha. Antes disso, aforquilháramo-no solidamente com quatro âncoras, em quinze braças de profundidade. Ele não corria risco algum, naquela baía tranquila, e nós podíamos, sem inconveniente, abandoná-lo à própria sorte.

Assim que o desembarque foi terminado, começou a nossa vida nova. Em primeiro lugar, convinha [...]

* * *

Chegando a esse ponto da sua tradução, o zartog Sofr teve de interrompê-la. O manuscrito tinha, nesse trecho, a primeira lacuna, provavelmente bem importante a julgar pela quantidade de páginas que incluía, e seguida por várias outras lacunas, mais consideráveis ainda, o quanto era possível avaliá-las. Sem dúvida, um grande número de folhas havia sido, não obstante a proteção do estojo, atingido pela umidade: só subsistiam, em suma, alguns fragmentos mais ou menos extensos, cujo contexto estava destruído para sempre. Sucediam-se nesta ordem:

* * *

[...] começamos a aclimatar-nos.

Há quanto tempo é que desembarcamos neste litoral? Não sei mais nada a respeito disso. Fiz tal pergunta ao doutor Moreno, que mantém um calendário dos dias passados. Ele me disse: "Há seis meses...", acrescentando: "mais ou menos uns dias", pois receia ter cometido um erro.

Já chegamos lá! Bastaram apenas seis meses para que não tenhamos mais tanta certeza de termos medido exatamente o tempo. Isso promete!

Nossa negligência não tem, ademais, nada de muito surpreendente. Empregamos toda a nossa atenção, toda a nossa atividade, em conservarmos a vida. Alimentar-nos é um problema cuja solução exige o dia todo. O que estamos comendo? Peixes, quando encontramos alguns, o que se torna cada dia menos fácil, pois a nossa perseguição incessante afugenta os peixes. Comemos também ovos de tartaruga e certas algas comestíveis. De noite, estamos fartos, porém extenuados, e só pensamos em dormir.

Improvisamos tendas com as velas da *Virgínia*. Suponho que tenhamos de construir, dentro em pouco, um abrigo mais sério.

De vez em quando, abatemos uma ave: a atmosfera não é tão deserta como tínhamos suposto de início; uma dezena de espécies conhecidas é representada neste novo continente. São exclusivamente as aves de voo longo: andorinhas, albatrozes, gaivotas marrons e negras, e algumas outras. É de acreditarmos que elas não encontram a sua comida nesta terra sem vegetação, porquanto não cessam de voltar ao redor do nosso acampamento, à cata das sobras de nossas míseras refeições. Por vezes, recolhemos uma morta de fome, o que nos poupa a pólvora e as espingardas.

Felizmente, há chances de nossa situação melhorar. Descobrimos um saco de grãos no porão da *Virgínia* e semeamos metade deles. Será um grande alívio, quando o trigo tiver brotado. Mas vai germinar mesmo?

O solo está recoberto de uma espessa camada de aluvião, lodo arenoso adubado pela decomposição das algas. Por medíocre que seja a qualidade dele, é húmus ainda assim. Quando aportamos, estava impregnado de sal, porém, desde então, as chuvas diluvianas têm lavado copiosamente a superfície, de sorte que todas as depressões estão agora cheias d'água doce.

Todavia, só uma espessura bem fina dessa camada aluviana está dessalgada: os riachos, e até mesmo os rios, que começam a formar-se estão todos fortemente salobros, e isso prova que ela continua saturada de sal em profundidade.

Para semearmos o trigo e conservarmos metade do saco como reserva, quase tivemos de bater um no outro: parte da tripulação da *Virgínia* queria transformá-lo em pão de imediato. Fomos constrangidos a [...]

* * *

[...] que tínhamos a bordo da *Virgínia*. Esses dois casais de coelhos fugiram para o interior, e não os revimos mais. É de acreditarmos que acharam com que se alimentar. A terra estaria, pois, produzindo, sem sabermos disso...

* * *

[...] dois anos, ao menos, que estamos aqui!... A safra de trigo foi admirável! Temos pão quase em abundância, e nossos campos ficam cada vez mais extensos.

Mas que luta contra as aves! Elas se multiplicaram estranhamente, e por toda parte, ao redor das nossas culturas [...]

* * *

Apesar dos óbitos que relatei acima, a pequena tribo que formamos não diminuiu: pelo contrário. Meu filho e minha pupila têm três filhos, e cada uma das três outras famílias também. Toda essa turbulenta criançada esbanja saúde. É de acreditarmos que a espécie humana possui um vigor maior, uma vitalidade mais intensa, desde que está tão reduzida numericamente. Mas quantas causas [...]

* * *

[...] aqui havia dez anos e não sabíamos nada a respeito deste continente. Só o conhecíamos num raio de alguns quilômetros circundando o lugar do nosso desembarque. Foi o doutor Bathurst quem nos fez passar vergonha com nossa moleza: instigados por ele, armamos a *Virgínia*, o que demandou cerca de seis meses, e fizemos uma viagem exploratória.

Estamos de volta desde anteontem. A viagem durou mais tempo do que pensávamos, porque quisemos que fosse completa.

Demos a volta ao continente onde estamos, e que, conforme tudo nos incita a acreditar, deve ser, com aquela nossa ilhota, a derradeira parcela sólida que existe na superfície do globo terrestre. Por toda parte, a costa dele nos pareceu semelhante, ou seja, muito acidentada e muito selvagem.

Nossa navegação foi intercalada por várias excursões ao interior: esperávamos, notadamente, encontrar rastros dos Açores e da Madeira, situados, antes do cataclismo, no oceano Atlântico, e que em consequência devem necessariamente fazer parte do novo continente. Não reconhecemos nem o menor vestígio deles. Tudo quanto pudemos constatar é que o solo estava alterado e recoberto de uma espessa camada de lava, no local daquelas ilhas que haviam sido, sem dúvida, a sede de violentos fenômenos vulcânicos.

Mas, por exemplo, se não descobrimos o que procurávamos, descobrimos o que não procurávamos! Apresentaram-se a nós, à altura dos Açores, alguns testemunhos do trabalho humano, presos, pela metade, naquela lava, porém não fora o trabalho dos açorianos, nossos contemporâneos de ontem, que os deixara. Eram restos de colunas ou de cerâmicas, tais como nunca tínhamos visto. Ao examiná-los, o doutor Moreno emitiu a ideia de que esses restos deviam provir da antiga Atlântida, e que o fluxo vulcânico tê-los-ia trazido de volta à luz.

O doutor Moreno está, quem sabe, com a razão. De fato, a lendária Atlântida teria ocupado, se é que jamais existiu, o local aproximado do novo continente. Seria, nesse caso, algo singular, a sucessão, nas mesmas paragens, de três humanidades que não se originavam uma da outra.

Seja como for, confesso que tal problema me deixa frio: temos muita coisa a fazer no presente, sem nos ocuparmos do passado.

No momento em que retornamos ao nosso acampamento, o que nos impressionou é que, comparados ao resto do país, as nossas redondezas aparentavam ser uma região favorecida. Isso se deve ao único fato de que a cor verde, outrora tão abundante na natureza, não é totalmente desconhecida aqui, posto que esteja radicalmente suprimida do resto do continente. Até então, nunca havíamos feito essa observação, só que a coisa é inegável. Inexistentes quando de nosso desembarque, as ervas brotam agora, assaz numerosas, ao nosso redor. Só pertencem, aliás, a um pequeno grupo de espécies, dentre as mais vulgares, cujas sementes decerto foram transportadas até aqui pelas aves.

Não caberia concluirmos do precedente que não há outra vegetação tirante essas poucas espécies antigas. Em decorrência de um trabalho adaptativo dos mais estranhos, existe, ao contrário, uma vegetação no estado, pelo menos, de rudimento, ou então de promessa, por todo o continente.

As plantas marinhas, de que ele estava coberto ao irromper das ondas, morreram, em sua maioria, à luz do sol. Algumas, entretanto, persistiram nos lagos, tanques e charcos d'água que o calor tem progressivamente ressecado. Mas, nessa época, os rios e os riachos começavam a nascer, tanto mais apropriados à vida dos sargaços e das algas que a água deles era salgada. Quando a superfície, e depois as profundezas do solo, foram privadas de sal e a água ficou doce, a imensa maioria daquelas plantas acabou sendo destruída. Contudo, um pequeno número delas, ao conseguir adequar-se às novas condições de vida, prosperou na água doce como tinha prosperado na água salgada. E o fenômeno não parou por aí: algumas dessas plantas, dotadas de maior poder de acomodação, adaptaram-se ao ar livre, depois de se adaptarem à água doce, e pelas margens, primeiro, aqui ou acolá, em seguida, avançaram para o interior.

Captamos essa transformação ao vivo e pudemos constatar o quanto as formas se modificavam, ao mesmo tempo que o funcionamento fisiológico. Algumas hastes já se erguem timidamente para o céu. Pode-se prever que um dia toda uma flora será criada assim, a partir do nada, e que uma luta ardente se estabelecerá entre as espécies novas e aquelas provenientes da antiga ordem das coisas.

O que se dá com a flora também se dá com a fauna. Na vizinhança dos cursos d'água, veem-se antigos animais marinhos, em sua maioria moluscos e crustáceos, que se tornam terrestres. Os peixes voadores sulcam o ar e são muito mais aves do que peixes, pois suas asas cresceram desmedidamente e sua cauda encurvada lhes permite [...]

* * *

O último fragmento continha, intacto, o fim do manuscrito.

* * *

[...] todos velhos. O capitão Morris faleceu. O doutor Bathurst tem sessenta e cinco anos; o doutor Moreno, sessenta; eu, sessenta e oito. Todos nós teremos logo chegado ao fim da vida. No entanto, antes nos desincumbiremos da nossa tarefa e, o quanto isso estiver em nosso poder, viremos em auxílio das gerações futuras naquela luta que espera por elas.

Mas será mesmo que elas verão a luz, essas gerações do porvir?

Estou tentado a responder "sim!", caso só leve em conta a multiplicação de meus semelhantes: as crianças pululam, e, por outro lado, com este clima saudável, neste país onde os animais ferozes são desconhecidos, grande é a longevidade. O tamanho de nossa colônia triplicou.

Estou tentado, porém, a responder "não!", caso venha a considerar o profundo declínio intelectual dos meus companheiros de miséria.

Todavia, nosso pequeno grupo de naufragados estava em condições favoráveis para usufruir o saber humano: compreendia um homem particularmente enérgico — o capitão Morris, hoje finado —, dois homens mais cultos do que se é de ordinário — meu filho e eu —, e dois verdadeiros sábios — o doutor Bathurst e o doutor Moreno. Com tais elementos, teríamos podido fazer alguma coisa. Não fizemos coisa nenhuma. A conservação de nossa vida material tem sido, desde o início, e continua a ser ainda o nosso único desvelo. Como no começo, empregamos o tempo em procurar pela comida e, de noite, caímos, esgotados, num sono de pedra.

É por demais certo, infelizmente, que a humanidade, da qual somos os únicos representantes, está em via de retrocesso rápido e tende a recair na bestialidade. Dentre os marujos da *Virgínia*, gente já inculta outrora, os caracteres animalescos revelaram-se em maior grau; meu filho e eu esquecemos o que sabíamos; até mesmo o doutor Bathurst e o doutor Moreno deixaram seu cérebro em ociosidade. Pode-se dizer que a nossa vida cerebral está abolida.

Como é ditoso nós termos efetuado, há muitos anos, o périplo deste continente! Hoje não teríamos mais a mesma coragem... Aliás, o capitão Morris, que conduzia a expedição, morreu, perecendo também, de tão vetusta, a *Virgínia* que nos transportava.

No começo de nossa estada aqui, alguns dentre nós empreenderam a construção de casas. Inacabadas, aquelas construções estão agora caindo aos pedaços. Dormimos todos no solo, seja qual for a estação.

Há muito tempo, não sobra mais nada das roupas que nos cobriam. Durante alguns anos, industriamo-nos em substituí-las com algas tecidas de forma, primeiro, engenhosa e depois, mais grosseira. Cansamo-nos, a seguir, desse esforço, que a doçura do clima torna supérfluo: vivemos nus, como aqueles que chamávamos de selvagens.

Comer, comer... é nossa meta perpétua, nossa preocupação exclusiva.

Entretanto, subsistem ainda alguns restos de nossas antigas ideias e nossos antigos sentimentos. Meu filho Jean, agora homem maduro e avô, não perdeu todo sentimento afetivo, e meu ex-motorista, Modeste Simonat, conserva uma vaga lembrança de que eu fui outrora o patrão dele.

Mas com eles, conosco, esses sutis traços dos homens que fomos — pois, seja dita a verdade, não somos mais homens — vão desaparecer para todo o sempre. As pessoas por vir, nascidas aqui, não terão jamais conhecido outra existência. A humanidade será reduzida àqueles adultos — tenho alguns diante dos olhos, enquanto escrevo — que não sabem nem ler nem contar, apenas falar, e àquelas crianças de dentes aguçados que parecem não ser nada além de um ventre insaciável. E, depois deles, haverá outros adultos e outras crianças, depois outros adultos e outras crianças ainda, cada vez mais próximos do animal, cada vez mais distantes dos seus ancestrais que pensavam.

Parece-me que as vejo, aquelas pessoas futuras, esquecidas da linguagem articulada, de inteligência extinta e corpo coberto de pelos rudes, errarem neste sombrio deserto...

Pois bem! Queremos tentar fazer que não seja assim. Queremos fazer tudo quanto nos for possível fazermos para que as conquistas da humanidade, à qual pertencêramos, não fiquem para sempre perdidas. O doutor Moreno, o doutor Bathurst e eu, haveremos de despertar o nosso cérebro entorpecido, de obrigá-lo a rememorar o que soube. Compartilhando o trabalho, enumeraremos, neste papel e com esta tinta provenientes da *Virgínia*, tudo o que conhecemos em diversas categorias da ciência, a fim de que, mais tarde, as pessoas, se perdurarem e, após um período de selvageria mais ou menos longo, sentirem renascer-lhes a sede de luz, encontrem este resumo do que fizeram os seus antecessores. Possam então abençoar a memória daqueles que se empenharam, ao acaso, em abreviar o doloroso caminho dos irmãos que não chegariam a ver!

* * *

No limiar da morte.

Agora faz aproximadamente quinze anos que as linhas acima foram escritas. O doutor Bathurst e o doutor Moreno não estão mais em vida. De todos aqueles que desembarcaram aqui, eu, um dos mais velhos, fico quase sozinho. Só que a morte me levará por minha vez. Sinto-a subir dos meus pés gelados ao meu coração que para de bater.

Nosso trabalho está terminado. Guardei os manuscritos, que encerram o resumo da ciência humana, numa caixa de ferro, desembarcada da *Virgínia*, cravando-a profundamente no solo. Ao lado dela, vou enterrar estas poucas páginas enroladas num estojo de alumínio.

Será que alguém achará, um dia, o depósito confiado à terra? Será que alguém procurará tão somente por ele?...

Isso é com o destino. Seja como Deus quiser!...

* * *

À medida que o zartog Sofr traduzia esse bizarro documento, uma espécie de pavor apertava a sua alma.

Pois então, a raça dos Andart'-Iten-Schu descendia daqueles homens que, depois de vagarem, por longos meses, no deserto dos oceanos, tinham vindo naufragar nesse ponto do litoral onde se erguia agora Basidra? Assim sendo, aquelas criaturas miseráveis teriam feito parte de uma humanidade gloriosa, aos olhos da qual a humanidade atual estava apenas balbuciando! Contudo, o que fora necessário para a ciência, e até mesmo a lembrança daqueles povos tão poderosos, serem abolidas para todo o sempre? Menos que nada: um imperceptível frêmito a percorrer a crosta terrestre.

Que desgraça irreparável os manuscritos assinalados pelo documento terem sido destruídos com a caixa de ferro que os continha! Mas, por maior que fosse aquela desgraça, não era possível conservar nem a mínima esperança, já que os operários, para lançarem os alicerces, tinham revolvido o solo em todas as direções. Sem sombra de dúvida, o ferro acabara sendo corroído pelo tempo, enquanto o estojo de alumínio resistia vitoriosamente.

De resto, nem se precisava de mais nada para que o otimismo de Sofr ficasse irremediavelmente abalado. Se o manuscrito não apresentava nenhum detalhe técnico, abundava em indicações gerais e provava, de maneira peremptória, que outrora a humanidade avançara, pelo caminho da verdade, bem mais do que tem avançado desde lá. Tudo estava contido nesse relato: as noções que Sofr possuía e outras, que nem teria ousado imaginar, até a explicação daquele nome Hedom acerca do qual tantas vãs polêmicas tinham sido travadas!... Hedom era a corruptela de Éden, sendo esta a corruptela de Adão, e o próprio Adão não passava, quem sabe, da corruptela de algum outro nome mais antigo.

Hedom, Éden, Adão... é o perpétuo símbolo do primeiro homem e também uma explicação de sua chegada à terra. Sofr havia errado, pois, ao negar aquele antepassado, cuja realidade estava peremptoriamente estabelecida pelo documento, e fora o povo quem tivera razão em atribuir-se alguns ascendentes parecidos com ele mesmo. Mas, tanto neste ponto quanto em todo o resto, os Andart'-Iten-Schu não tinham inventado nada. Contentaram-se em repetir o que fora dito antes deles.

E talvez, feitas as contas, os contemporâneos do autor daquele relato não tivessem inventado mais do que eles? Não fizeram, talvez, outra coisa senão retomar, eles mesmos, o caminho percorrido por outras humanidades vindas, antes deles, à terra. O documento não falava de um povo chamado de atlantes? Fora, sem dúvida, desses atlantes que as escavações de Sofr tinham permitido descobrir alguns vestígios quase impalpáveis embaixo do lodo marinho. Que conhecimento da verdade é que essa antiga nação teria alcançado, quando foi varrida da terra pela invasão oceânica?

Fosse qual fosse a sua obra, nada sobrava dela após a catástrofe, e o homem tivera de recomeçar, ao pé da ladeira, sua ascensão à luz.

O mesmo se daria, talvez, com os Andart'-Iten-Schu. O mesmo voltaria, talvez, a ocorrer depois deles, até o dia em que...

Mas viria mesmo aquele dia em que fosse satisfeito o insaciável desejo do homem? Viria mesmo aquele dia em que, terminando de subir a ladeira, ele pudesse descansar no ápice enfim conquistado?...

Assim meditava o zartog Sofr, inclinado sobre o venerável manuscrito.

Por meio desse relato do além-túmulo, imaginava o terrível drama, que se desenrola perpetuamente no universo, e seu coração estava cheio de piedade. Todo ensanguentado, devido aos inúmeros males que o vivente havia aturado antes dele, vergando-se sob o peso daqueles vãos esforços acumulados no infinito dos tempos, o zartog Sofr-Aï-Sr adquiria, lenta e dolorosamente, a íntima convicção do eterno recomeço das coisas.

FIM

O

TEMPLO
Manuscrito encontrado na costa de Yucatán

H. P. Lovecraft

Tradutora: Vilma Maria da Silva

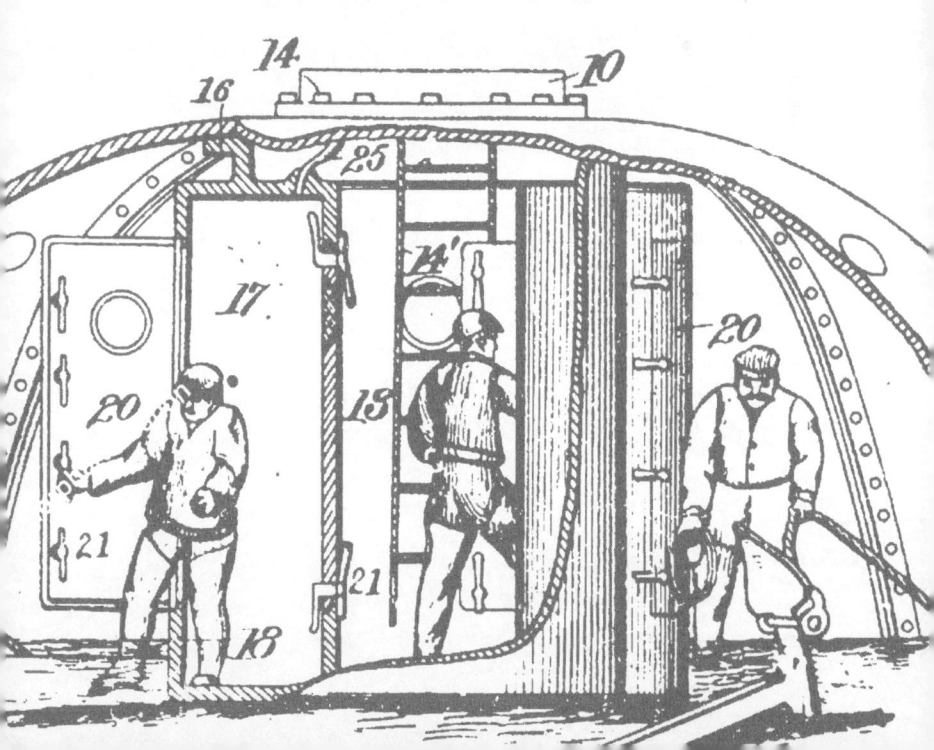

TEMPLO

Em 20 de agosto de 1917, eu, Karl Heinrich, Graf von Altberg-Ehrenstein, capitão de corveta da Marinha Imperial Alemã no comando do submarino U-29, deposito esta garrafa com um manuscrito no Oceano Atlântico em um local desconhecido para mim, mas provavelmente próximo dos 20 graus de latitude norte e 35 graus de longitude oeste, onde meu navio danificado jaz no fundo do oceano. Faço-o porque desejo tornar público alguns fatos incomuns; com toda probabilidade não sobreviverei para fazê-lo pessoalmente, já que as circunstâncias ao meu redor são tão ameaçadoras quanto extraordinárias e envolvem não apenas os danos irremediáveis do U-29, senão também o enfraquecimento da minha férrea vontade alemã da maneira mais desastrada possível.

Na tarde de 18 de junho, conforme relatado por rádio ao U-61, com destino a Kiel, torpedeamos o cargueiro britânico Victory, que ia de Nova York para Liverpool, a 45 graus e 16' de latitude norte, 28 graus e 34' de longitude oeste, permitindo que a tripulação partisse em botes a fim de obter uma boa filmagem para os registros do Almirantado. O navio afundou de modo totalmente inusitado: inclinou-se primeiro, a proa ergueu-se das águas para o alto e o casco foi perpendicularmente impelido para o fundo do mar. Nossa câmera não perdeu nada, e lamento que nunca chegue a Berlim um rolo de filmagem tão bom. Depois disso afundamos os botes salva-vidas com nossas armas, e submergimos.

Quando chegamos à superfície perto do pôr do sol, o corpo de um marinheiro foi encontrado no convés; trazia as mãos agarradas de maneira curiosa à amurada. O pobre rapaz era jovem, pele escura e muito bonito; provavelmente um italiano ou grego e, sem dúvida, da tripulação do Victory. Evidentemente, procurara refúgio no mesmo navio que fora forçado a destruir o seu — mais uma vítima da injusta guerra de agressão com que os ingleses, cães porcalhões, põem em alvoroço a Pátria. Nossos homens o revistaram procurando lembranças, e encontraram no bolso do casaco uma escultura em marfim muito estranha que representava a cabeça de um jovem coroado de louros. Meu colega oficial, tenente Kienze, acreditava que a coisa era muito antiga e de grande valor artístico, então a tomou das mãos dos homens para si. Como isto tinha chegado à posse de um marinheiro comum, nenhum de nós conseguia imaginar.

Quando o homem morto foi jogado ao mar, ocorreram dois incidentes que provocaram grande perturbação na tripulação. Os olhos do sujeito estavam fechados; porém, ao arrastarem o corpo até a amurada, abriram-se abruptamente e muitos pareciam tomados por uma estranha ilusão de que olhavam zombeteiros e fixos para Schmidt e Zimmer, que estavam debruçados sobre o cadáver. O contramestre Muller, um homem idoso que teria um melhor parecer se não fosse um porco supersticioso da Alsácia, encontrou-se tão excitado por essa impressão que ficou observando o corpo na água e jurava que, depois de afundar um pouco, o cadáver estendeu braços e pernas e acelerou nadando sob as ondas na direção sul. Kienze e eu não gostamos nada dessas demonstrações de ignorância camponesa, e repreendemos severamente os homens, Muller em particular.

No dia seguinte, uma indisposição sofrida por alguns membros da tripulação criou uma situação muito incômoda. Eles estavam evidentemente sofrendo uma tensão nervosa decorrente de nossa longa viagem e tiveram sonhos ruins. Vários pareciam bastante confusos e tontos; e depois de me convencerem de que a debilidade que sentiam não era fingida, liberei-os de seus deveres. O mar estava bastante agitado, então descemos a uma profundidade onde as ondas eram menos turbulentas. Aqui estávamos comparativamente calmos, apesar de uma corrente um tanto intrigante no sentido sul, que não conseguimos identificar nas nossas cartas oceanográficas. O gemido dos homens doentes era decididamente irritante; mas, como não parecia abater os demais membros da tripulação, não recorremos a medidas extremas. Nosso plano era permanecer onde estávamos e interceptar o transatlântico Dácia, mencionado nas informações dos agentes de Nova York.

No início da noite subimos à superfície e achamos o mar menos turbulento. A fumaça de um navio de guerra estava no horizonte ao norte, mas nossa distância e capacidade de submergir nos tornavam seguros. O que mais nos preocupou foi a conversa do contramestre Muller, que ficava mais selvagem à medida que a noite avançava. Ele estava em um estado infantil detestável; balbuciava sobre algumas fantasias a respeito de corpos mortos que passavam flutuando diante das vigias do submarino; corpos que olhavam para ele intensamente, e que ele reconhecera, apesar de inchados, como aqueles que vira agonizantes durante algumas de nossas vitoriosas façanhas alemãs. E ele disse que o jovem que havíamos encontrado e jogado ao mar era o líder deles. Isso era horripilante e anormal, então prendemos Muller a ferros e o chicoteamos severamente. A punição não agradou aos homens, mas a disciplina era necessária. Também negamos o pedido de uma comissão chefiada pelo marinheiro Zimmer, para que a curiosa cabeça esculpida em marfim fosse lançada ao mar.

Em 20 de junho, os marinheiros Bohin e Schmidt, que ficaram doentes no dia anterior, tornaram-se loucos furiosos. Lamentei que nenhum médico tivesse sido incluído em nosso quadro de tripulantes, já que vidas alemãs são preciosas; contudo, o delírio constante desses dois a respeito de uma maldição terrível era os que mais levava à subversão da disciplina. Então, medidas drásticas foram tomadas. A tripulação aceitou o fato de forma sombria, mas pareceu acalmar Muller que, depois disso, não nos deu mais problemas.

Ao anoitecer, nós o liberamos e ele retornou às suas obrigações silenciosamente.

Na semana que se seguiu, todos estávamos muito nervosos à espera do Dácia. A tensão aumentou com o desaparecimento de Muller e Zimmer que, sem dúvida, cometeram suicídio como resultado do medo que parecia atormentá-los, embora ninguém os tivesse visto no momento em que pularam ao mar. Livrar-me de Muller me deixou bastante contente, pois até o seu silêncio afetara desfavoravelmente a tripulação. Agora, todos pareciam inclinados a ficar em silêncio, como se estivessem mantendo um medo secreto. Muitos estavam doentes, mas nenhum deles provocou tumulto. O tenente Kienze, irritado pela tensão, se aborrecia com as mais insignificantes ninharias — tais como o bando de golfinhos que se reunia em torno do U-29 em número cada vez maior, e a crescente intensidade daquela corrente sul que não constava em nosso mapa.

Por fim, ficou evidente que havíamos perdido totalmente o Dácia. Tais fracassos não são incomuns, e ficamos mais satisfeitos do que desapontados, já que impunha nosso retorno a Wilhelmshaven. Ao meio-dia de 28 de junho, tomamos a direção do nordeste e, apesar de alguns embaraços bastante cômicos com o ajuntamento incomum de golfinhos, rapidamente nos pusemos a caminho.

A explosão na sala de máquinas, às duas da manhã, nos pegou completamente de surpresa. Nenhum defeito nas máquinas ou descuido dos homens tinha sido notado. No entanto, o navio foi sacudido de forma inesperada de ponta a ponta por um abalo colossal.

O tenente Kienze correu até a sala de máquinas, encontrando o tanque de combustível e a maior parte do mecanismo destruídos; os engenheiros Raabe e Schneider tinham sofrido uma morte instantânea. De repente, nossa situação tinha se tornado realmente grave; pois, embora os regeneradores de ar estivessem intactos, e mesmo que pudéssemos usar os dispositivos para emergir e submergir, abrir as escotilhas enquanto o ar comprimido e as baterias durassem, ficamos incapacitados para impulsionar ou guiar o submarino. Buscar resgate nos botes salva-vidas seria nos entregarmos nas mãos de inimigos irracionalmente amargurados contra a nossa grande nação alemã. Nosso sistema de rádio falhava, desde a ocorrência com o Victory, em nos colocar em contato com um segundo U-boat da Marinha Imperial.

Da hora do acidente até o dia 2 de julho, navegamos à deriva constantemente para o sul, quase sem planos e sem encontrar nenhum navio. Os golfinhos ainda cercavam o U-29, uma circunstância singular, considerando a distância que tínhamos percorrido. Na manhã de 2 de julho, avistamos um navio de guerra que levava cores norte-americanas; os homens se agitaram muito, desejosos de se renderem. O tenente Menze teve que atirar em um marinheiro chamado Traube, que instigou esse ato antigermânico com uma violência peculiar. Este episódio acalmou a tripulação momentaneamente e submergimos sem sermos vistos.

Na tarde seguinte, um denso bando de aves marinhas apareceu ao sul e o oceano começou a se agitar ameaçadoramente. Fechamos nossas escotilhas e esperamos a evolução dos acontecimentos até o momento em que percebemos que teríamos de submergir, ou as ondas, cada vez mais altas, nos engoliriam. Nosso ar pressurizado e a eletricidade estavam diminuindo, e pretendíamos evitar o uso desnecessário de nossos escassos recursos mecânicos, mas neste caso não havia escolha. Não descemos muito, e muitas horas depois o mar estava mais calmo; decidimos então voltar à superfície. Aqui, no entanto, surgiu um novo problema pois o navio não conseguiu responder à nossa direção, apesar de tudo o que a mecânica poderia fazer. À medida que os homens ficavam mais assustados com essa prisão submarina, alguns deles começaram a murmurar novamente sobre a imagem de marfim do tenente Kienze, porém a visão de uma pistola automática os acalmou. Mantivemos os pobres diabos o mais ocupados possível com a tarefa de consertar as máquinas, mesmo sabendo que era inútil.

Kienze e eu dormíamos habitualmente em momentos diferentes; e foi durante meu sono, por volta das cinco da manhã de 4 de julho, que estourou o motim geral. Os seis marinheiros remanescentes, esses porcos, suspeitando que estávamos perdidos, de repente explodiram em uma fúria louca por nossa recusa em nos rendermos ao navio de guerra dos ianques dois dias antes, e mergulharam em um desvario de blafêmias e destruição. Como animais que eram, rugiram, quebraram instrumentos e móveis indiscriminadamente e vociferavam, berrando disparates, como a maldição da imagem de marfim e o jovem negro morto que os fitou e nadou para longe.

O tenente Kienze parecia paralisado e incapaz, como se podia esperar de alguém vindo da Renânia, permissivo e afeminado. Matei todos os seis homens, pois era necessário, e me assegurei de que nenhum permanecesse vivo.

Lançamos os corpos através das escotilhas duplas e ficamos sozinhos no U-29. Kienze parecia muito nervoso e bebia excessivamente. Ficou decidido que permaneceríamos vivos o maior tempo possível, usando o grande estoque de provisões e suprimentos de oxigênio que não tinham sofrido danos com a demência grotesca dos marinheiros, cães porcalhões. Nossas bússolas, medidores de profundidade e outros instrumentos sensíveis estavam destruídos, de modo que, doravante, só podíamos contar com estimativas e conjecturas, com base em nossos relógios, no calendário e, já que ficamos à deriva, em nossa direção aparente, julgando por quaisquer objetos que pudéssemos ver através das vigias ou da torre de comando. Felizmente, ainda tínhamos baterias de longa duração armazenadas, tanto para iluminação interna quanto para o holofote. Frequentemente lançávamos um feixe de luz ao redor do navio, mas víamos apenas golfinhos nadando paralelos ao nosso curso à deriva. Eu estava cientificamente interessado nesses golfinhos, pois embora o *Delphinus delphis* comum seja um mamífero cetáceo, incapaz de subsistir sem ar, observei de perto um destes nadadores por duas horas e não o vi se mover de seu estado submerso.

Com o passar do tempo, Kienze e eu concluímos que ainda estávamos sendo levados para o sul e ao mesmo tempo submergíamos mais e mais. Observamos a fauna e a flora marinha e lemos muito sobre o assunto nos livros que eu levara comigo para momentos de folga. Não pude deixar de observar, no entanto, o conhecimento científico inferior do meu companheiro. Sua mente não era prussiana, mas inclinada a especulações e imaginação sem valor. A nossa morte iminente o afetava de modo curioso, e frequentemente orava arrependido pelos homens, pelas mulheres e crianças que mandamos para o fundo do mar, esquecendo que todas as coisas que servem ao Estado alemão são nobres. Depois de um tempo ele ficou visivelmente desequilibrado, contemplando durante longo tempo sua imagem de marfim e tecendo histórias fantasiosas de coisas perdidas e esquecidas no fundo do mar.

Às vezes, como um experimento psicológico, eu o estimulava em sua divagação e ouvia suas intermináveis citações poéticas e contos de navios naufragados. Senti muito por ele, porque não gosto de ver um alemão sofrer; porém, não era uma boa companhia para eu morrer junto com ele. Em relação a mim, eu estava orgulhoso, sabendo que a pátria reverenciaria minha memória e que meus filhos seriam educados para se tornarem homens como eu.

Em 9 de agosto, avistamos o fundo do oceano e lançamos um poderoso facho de luz do holofote no entorno. Era uma vasta planície ondulante, coberta principalmente de algas e conchas de pequenos moluscos. Aqui e ali havia objetos que apresentavam contornos intrigantes, cobertos de limo, drapejados com ervas e incrustados de cracas. Kienze declarou que eram antigos navios descansando em seus túmulos. Ele ficou intrigado com uma coisa, um pico de matéria sólida, projetando-se acima do leito do oceano; tinha quase um metro e vinte no seu ápice e aproximadamente sessenta centímetros de espessura, lados planos e superfícies superiores lisas que se encontravam em um ângulo bastante obtuso. Eu chamei o pico de uma ponta de rocha aflorada, mas Kienze pensou ter visto esculturas nele. Depois de um tempo, ele começou a tremer e afastou-se da cena como se estivesse com medo; no entanto, não conseguia dar nenhuma explicação, a não ser que fora dominado pela vastidão, pela escuridão, pelo isolamento, pela antiguidade e pelo mistério dos abismos oceânicos. Sua mente estava cansada, mas eu sou sempre um alemão, e depressa notei duas coisas: que o U-29 estava suportando esplendidamente a pressão do mar profundo, e que os insólitos golfinhos ainda estavam à nossa volta, mesmo a uma profundidade onde a maioria dos naturalistas considera impossível a vida para organismos superiores. Tive certeza de que eu havia superestimado prematuramente nossa profundidade; ainda assim, devíamos estar em um nível fundo o bastante para tornar este fato um fenômeno extraordinário. Nossa velocidade para o sul, a julgar pelo fundo do oceano, era quase a que eu havia estimado pelos organismos que passavam em níveis mais altos.

Foi às 15h15 do dia 12 de agosto que o pobre Kienze ficou totalmente louco. Ele estava na torre de comando usando o holofote quando o vi pular dentro do compartimento da biblioteca onde eu estava lendo; seu rosto o traiu de imediato. Vou repetir aqui o que ele disse, destacando as palavras que ele enfatizou:

— *Ele* está chamando! *Ele* está chamando! Eu o ouço! Temos que ir!

Enquanto falava, tirou sua imagem de marfim da mesa, guardou-a no bolso e segurou meu braço no afã de arrastar-me pela escada até o tombadilho. No mesmo instante compreendi que pretendia abrir a escotilha e mergulhar comigo na água, um capricho de paranoia suicida e homicida para a qual eu não me predispunha minimamente. Quando recuei e tentei acalmá-lo, ele ficou mais violento, dizendo:

— Venha agora, antes que seja tarde; não espere; é melhor se arrepender e ser perdoado do que desafiar e ser condenado.

Então, em vez de acalmá-lo, tentei um método oposto e disse que ele estava louco, deploravelmente louco. Mas ele ficou indiferente e exclamou:

— Se estou louco, é misericórdia. Que os deuses tenham piedade do homem que, em sua insensibilidade, pode permanecer são ante o horrível fim! Venha e enlouqueça enquanto *ele* ainda nos chama misericordiosamente!

Essa explosão pareceu aliviar uma pressão em seu cérebro, porque, assim que terminou, ficou muito mais brando e pediu-me que, se eu não quisesse acompanhá-lo, o deixasse partir sozinho. Tive clareza imediata da atitude que tomaria. Ele era alemão, mas apenas um renaniano[1] plebeu, e agora, um louco potencialmente perigoso. Consentindo com seu pedido suicida, imediatamente me livraria de alguém que não era mais um companheiro, senão uma ameaça. Pedi-lhe que me desse a imagem de marfim antes de ir embora, mas esse pedido provocou nele uma risada tão estranha que não o repeti. Então lhe perguntei se não queria deixar alguma lembrança ou mecha de cabelo para a sua família na Alemanha, no caso de eu ser resgatado, mas de novo ele soltou aquela risada estranha. Então enquanto ele subia a escada, eu fui até as alavancas, e permitindo intervalos de tempo adequados, operei as máquinas que o enviariam para a sua morte. Depois de ver que não estava mais no bote, lancei o holofote em torno da água, num esforço para obter um último vislumbre dele, uma vez que desejava verificar se a pressão da água o achataria, como teoricamente deveria acontecer, ou se o corpo permaneceria intacto, como aqueles extraordinários golfinhos. Não consegui, no entanto, encontrar meu último companheiro, pois os golfinhos, amontoados em grande número em torno da torre de comando, obscureciam a visão.

Naquela noite, lamentei não ter tirado furtivamente do pobre Kienze a imagem de marfim de seu bolso quando ele partiu, pois a lembrança dela me fascinava. Eu não podia esquecer a cabeça jovem e bonita com

---

[1] Natural da Renânia, região situada a oeste da Alemanha, nas duas margens do médio e baixo Reno, rio do qual provém sua denominação. (N.T.)

sua coroa de louros, embora eu não seja por natureza um artista. Também lamentei não ter ninguém com quem conversar. Kienze, embora não tivesse meu nível mental, era muito melhor do que não ter ninguém. Eu não dormi bem naquela noite e me perguntava quando exatamente o fim chegaria. Certamente, eu tinha pouca chance de ser resgatado.

No dia seguinte, subi para a torre de comando e comecei as explorações costumeiras com os holofotes. Para o norte, a vista era quase a mesma desde que avistamos o fundo havia quatro dias, mas percebi que a deriva do U-29 era menos rápida. Ao dirigir o facho luminoso para o sul, notei que o leito oceânico tomava a forma de um declive acentuado e exibia blocos de pedra curiosamente regulares em certos lugares, como se estivessem de acordo com padrões definidos. O submarino não desceu de imediato ao nível mais profundo do oceano; e logo fui forçado a ajustar o holofote para projetar a luz diretamente para baixo. Devido à brusca mudança, um fio foi desconectado, o que exigiu um atraso de muitos minutos para reparos; finalmente a luz acendeu, enfim o vale marinho abaixo de mim.

Não sou dado a qualquer tipo de emoção, mas meu assombro foi imenso quando vi o que se revelou naquele brilho elétrico. E, no entanto, como alguém educado na melhor *Kultur*[2] prussiana, eu não deveria estar maravilhado, pois a geologia e a tradição nos

---

[2] Cultura, em alemão. (N. E.)

falam de grandes transposições em áreas oceânicas e continentais. O que vi foi um conjunto extenso e elaborado de edifícios em ruínas; todos apresentavam uma magnífica arquitetura, embora não classificada, em vários estágios de preservação. A maioria parecia de mármore; brilhava palidamente sob os raios do holofote. O plano geral era de uma grande cidade no fundo de um vale estreito com numerosos templos isolados e moradias sobre as encostas íngremes. Os tetos haviam caído e as colunas estavam ruídas, mas ainda assim conservavam um ar de esplendor imemorialmente antigo que nada poderia apagar.

Em suma, tendo me confrontado com a Atlântida que antes havia considerado essencialmente um mito, eu era agora o mais ávido dos exploradores. No fundo daquele vale, um antigo rio havia corrido, pois, ao examinar a cena mais de perto, contemplei restos de pontes, molhes de pedra e mármore, terraços e aterros outrora verdejantes e belos. Em meu entusiasmo, tornei-me quase tão idiota e sentimental quanto o pobre Kienze, e demorei bastante a notar que a corrente do sul tinha afinal cessado, permitindo que o U-29 se assentasse lentamente sobre a cidade submersa como um avião que pousa numa cidade em terra firme. Demorei também a perceber que o bando de golfinhos atípicos havia desaparecido.

O submarino descansou por quase duas horas em uma praça pavimentada perto da parede rochosa do vale. De um lado, eu podia ver toda a cidade que descia pela encosta, desde a praça até a antiga margem do rio; do outro, numa proximidade surpreendente, defrontei-me com a fachada ricamente ornada e perfeitamente preservada de um edifício majestoso, evidentemente um templo escavado na rocha sólida. Da origem desta obra titânica só posso fazer conjecturas. De imensa magnitude, a fachada abrange aparentemente uma reentrância oca contínua, já que havia muitas janelas distribuídas por uma grande extensão. No centro, abre-se um portal formidável, acessível através de uma impressionante escadaria cercada por esculturas requintadas, semelhantes a figuras de bacanais em relevo. São mais imponentes as grandiosas colunas e frisos, ambos decorados com entalhes de beleza inexprimível; obviamente retratavam cenas pastoris idealizadas, e procissões de sacerdotes e sacerdotisas portando estranhos símbolos cerimoniais em adoração a um deus radiante. É uma arte da mais extraordinária perfeição, dotada de um ideal amplamente helênico, embora apresente um caráter próprio. Transmite uma impressão de enorme antiguidade, como se fosse mais antiga que a ancestral imediata da arte grega. Não tenho a menor dúvida de que cada detalhe desta maciça edificação foi talhado em nosso planeta na rocha virgem daquela encosta. Evidentemente, faz parte do paredão do vale, embora não consiga imaginar como o vasto interior foi então escavado. Talvez uma caverna ou uma série de cavernas fornecessem o núcleo. Nem a idade nem sua condição submersa corroeram a grandeza prístina deste tremendo templo — deve ser de fato um templo — e que hoje, depois de milhares de anos permanece imaculado e inviolado na interminável noite, e no silêncio do abismo oceânico.

Eu não posso contar o número de horas que passei contemplando a cidade submersa com seus edifícios, arcos, estátuas e pontes, e o templo colossal com sua beleza e seu mistério. Embora eu soubesse que a morte estava próxima, minha curiosidade estava me consumindo, e lancei a luz do holofote em torno numa busca ansiosa. O facho de luz me permitiu conhecer muitos detalhes, mas se recusou a mostrar o interior do templo através do portal lavrado na pedra, e depois de um tempo desliguei o holofote, consciente da necessidade de conservar energia. O facho estava agora perceptivelmente mais fraco do que durante as semanas em que estava à deriva. E, como que estimulado diante da privação de luz próxima, meu desejo de explorar os segredos aquáticos aumentou. Eu, um alemão, deveria ser o primeiro a trilhar aqueles caminhos há muitas eras esquecidos!

Providenciei e provei um traje de metal articulado para mergulho em águas profundas e o experimentei com o regenerador de ar e a luz portátil. Embora pudesse ter problemas para operar as escotilhas duplas sozinho, acreditava que seria capaz de superar todos os obstáculos com minha habilidade científica e caminhar de verdade pela cidade morta.

Em 16 de agosto, efetuei uma saída do U-29, e laboriosamente percorri as ruas arruinadas e cheias de lama até o rio antigo. Não encontrei esqueletos ou outros restos humanos, mas coletei um rico saber arqueológico em esculturas e moedas. Disto não posso falar agora, a não ser para expressar minha reverência a uma cultura em seu esplendor, quando os habitantes das cavernas vagavam pela Europa e o Nilo fluía inexplorado para o mar. Outros, guiados por este manuscrito, se algum dia for encontrado, devem revelar os mistérios os quais posso apenas presumir. Voltei para o submarino quando minhas baterias elétricas ficaram fracas, resolvido a explorar o templo de pedra no dia seguinte.

No dia 17, quando meu impulso de investigar o mistério do templo tornou-se ainda mais persistente, sobreveio-me um grande desapontamento ao descobrir que os materiais necessários para reabastecer a luz portátil tinham se perdido no motim daqueles porcos em julho. Minha raiva era ilimitada, mas meu senso alemão me proibia de me aventurar despreparado num interior completamente escuro que poderia ser o covil de algum indescritível monstro marinho ou um labirinto de passagens de cujos meandros eu nunca conseguiria me livrar. Tudo o que eu podia fazer era ligar o débil holofote do U-29, e com sua ajuda subir os degraus do templo e estudar as esculturas exteriores. O facho de luz entrou pela porta num ângulo ascendente e eu perscrutei o interior, tentando vislumbrar alguma coisa, mas foi tudo em vão. Nem mesmo o teto era visível; embora eu desse um passo ou dois para dentro depois de testar o chão com um cajado, não me atrevi a ir mais longe. Além disso, pela primeira vez na minha vida, senti a emoção do pavor. Comecei a perceber como algumas das emoções de Kienze haviam surgido, porque à medida que me sentia cada vez mais atraído pelo templo, temia seus abismos aquosos com um terror cego e crescente. Ao retornar para o submarino, apaguei as luzes, sentei-me no escuro e fiquei pensando. Agora a eletricidade tinha que ser poupada para emergências.

Sábado, dia 18, passei na escuridão total, atormentado por pensamentos e lembranças que ameaçavam dominar minha vontade alemã. Kienze enlouquecera e perecera antes de chegar a este remanescente sinistro de um passado impenetrável e tinha me aconselhado a ir com ele. Havia, de fato, o destino preservado minha razão apenas para me atrair irresistivelmente a um fim impensável e mais horrível do que qualquer homem já tivesse sonhado? Claramente, meus nervos estavam esgotados ao extremo, e tinha que rejeitar estas impressões de homens mais fracos.

Não consegui dormir no sábado à noite e acendi as luzes sem pensar no futuro. Era irritante que a eletricidade não durasse mais do que o ar e as provisões. Voltei a pensar em praticar eutanásia e examinei minha pistola automática. Devo ter adormecido com as luzes acesas ao amanhecer, pois acordei na escuridão ontem à tarde para constatar que as baterias estavam descarregadas. Acendi vários fósforos, um após o outro, e lamentei desesperadamente a imprevidência que nos levara, tempos antes, a esgotar as poucas velas que trazíamos.

Depois de apagar o último fósforo que me atrevi a desperdiçar, sentei-me absolutamente imóvel sem nenhuma luz. À medida que considerava o fim inevitável, minha mente percorreu os eventos precedentes e veio à tona uma impressão até então adormecida que teria causado estremecimento em um homem mais fraco e supersticioso. A cabeça do deus radiante presente nas esculturas do templo rochoso era a mesma que fora esculpida no marfim, aquela que o marinheiro morto tinha trazido do mar e que o pobre Kienze levou de volta consigo para o oceano.

Eu estava um pouco atordoado por esta coincidência, contudo não fiquei apavorado. Era apenas a mente inferior que se apressava em explicar o singular e o complexo pelo atalho primitivo, tomando-o por sobrenatural. A coincidência era peculiar, porém eu tinha um raciocínio muito sólido para relacionar circunstâncias que não admitiam nenhuma conexão lógica, ou para associar de alguma maneira fantástica os eventos desastrosos que conduziram o caso Victory até a minha situação atual. Sentindo a necessidade de mais descanso, tomei um sedativo e consegui dormir mais um pouco. Minha condição nervosa se refletia em meus sonhos, pois eu parecia ouvir os gritos de pessoas se afogando e ver rostos mortos premidos contra as vigias do submarino. E entre os rostos mortos estava o rosto vivo e zombeteiro do jovem com a imagem de marfim.

Preciso ser cuidadoso com o modo como registro meu despertar hoje, pois estou debilitado e inevitavelmente há muita alucinação misturada com os fatos. Do ponto de vista psicológico, meu caso é muito interessante e lamento que não possa ser observado cientificamente por uma autoridade alemã competente. Ao abrir os olhos, meu primeiro estímulo foi um desejo exacerbado de visitar o templo de rocha, um desejo que aumentava a cada instante, embora eu automaticamente procurasse afastá-lo por alguma emoção de medo que operava na direção inversa. Em seguida, sobreveio-me uma impressão luminosa na escuridão em meio às baterias mortas e pensei ter visto uma espécie de brilho fosforescente na água através da vigia que se abria para o templo. Isso despertou minha curiosidade, pois não conhecia nenhum organismo de profundidades abissais capaz de emitir tal luminosidade.

Mas antes que eu pudesse investigar, surgiu uma terceira impressão que, em razão de sua irracionalidade, levou-me a duvidar da objetividade de qualquer coisa que meus sentidos pudessem registrar. Era um delírio auditivo; uma sensação de som rítmico e melódico, como de algum hino coral ou cântico selvagem, embora belo, oriundo de fora através do casco absolutamente à prova de som do U-29. Convencido de minha anormalidade psicológica e nervosa acendi alguns fósforos e bebi uma dose forte de solução de brometo de sódio, que pareceu me acalmar a ponto de dissipar a ilusão do som. Contudo, a fosforescência permaneceu, e tive dificuldade em reprimir um impulso infantil de ir até a vigia e investigar sua origem. Era horrivelmente realista, e eu pude logo distinguir com sua ajuda os objetos familiares ao meu redor, assim como o vidro vazio de brometo de sódio, do qual eu não tivera nenhuma impressão visual anterior sobre sua localização real. Esta última circunstância me fez refletir, e eu atravessei o cômodo para tocar o frasco. Estava de fato no lugar onde eu imaginei tê-lo visto. Agora eu sabia que a luz era real ou parte de uma alucinação tão fixa e consistente que eu não poderia esperar dissipá-la; então, abandonando toda resistência, subi à torre de comando para procurar a fonte luminosa. Não seria, na verdade, outro submarino oferecendo possibilidades de resgate?

É aconselhável que o leitor não aceite nada do que vem a seguir como verdade objetiva, pois, uma vez que os eventos transcendem a lei natural, eles são necessariamente criações subjetivas e irreais de minha mente esgotada. Quando cheguei à torre de comando, achei o mar em geral muito menos luminoso do que eu esperava. Não havia fosforescência animal ou vegetal ao redor, e a cidade que descia até o rio estava invisível na escuridão. O que vi não foi espetacular, nem grotesco nem aterrorizante, mas removeu o último vestígio de confiança em minha consciência. Pois a porta e as janelas do templo submerso, talhadas na colina rochosa, estavam vivamente incandescentes com um resplendor cintilante, como se viesse de um poderoso fogo cultual em seu interior remoto.

Os incidentes posteriores são caóticos. Enquanto fitava as portas e janelas fantasticamente iluminadas, fiquei sujeito às mais extravagantes visões — visões tão extravagantes que não posso sequer relatá-las. Imaginei distinguir objetos no templo; objetos tanto imóveis como em movimento; pareceu-me também ouvir novamente aquele cântico irreal que tinha chegado até mim quando acordei. E, acima de tudo, surgiam pensamentos e medos que se concentraram no jovem do mar e na imagem de marfim cujo entalhe vi duplicado nos frisos e colunas do templo que estava ali diante dos meus olhos. Pensei no pobre Kienze e fiquei imaginando onde o corpo dele repousaria com a imagem que ele levou de volta para o mar. Ele havia me avisado de algo, e eu não tinha prestado atenção... mas ele era um aparvalhado da Renânia que enlouquecera com problemas que um prussiano podia aguentar com facilidade.

O resto é muito simples. Meu impulso de visitar e entrar no templo tornou-se inexplicavelmente um imperioso comando que, em última instância, não pôde ser negado. Minha própria vontade alemã não controla mais meus atos, e a volição, de agora em diante, somente é possível em questões menores. Tal loucura foi o que levou Kienze — sem traje apropriado e desprotegido — a mergulhar para a morte no oceano; mas eu sou um prussiano e um homem sensato e usarei, até o fim, a pouca vontade que eu tiver. Tão logo percebi que precisava ir, preparei meu traje de mergulho, capacete e regenerador de ar para uso imediato, e comecei sem delongas a escrever esta crônica apressada na esperança de que algum dia ela possa chegar ao mundo. Vou lacrar o manuscrito em uma garrafa e entregá-lo ao mar enquanto deixo o U-29 para sempre.

Não tenho medo, nem mesmo das profecias do transtornado Kienze. O que eu vi não pode ser verdade, e sei que esta loucura, advinda sobretudo de minha própria vontade, me levará à asfixia quando o ar acabar. A luz no templo é uma completa ilusão e eu morrerei calmamente como um alemão nas profundezas escuras e esquecidas. Essa risada demoníaca que ouço enquanto escrevo vem apenas do meu próprio cérebro debilitado. Vou então vestir cuidadosamente o meu traje e subir audaciosamente os degraus que conduzem ao santuário primitivo, esse silencioso mistério guardado por incontáveis anos em águas impenetráveis.

UM

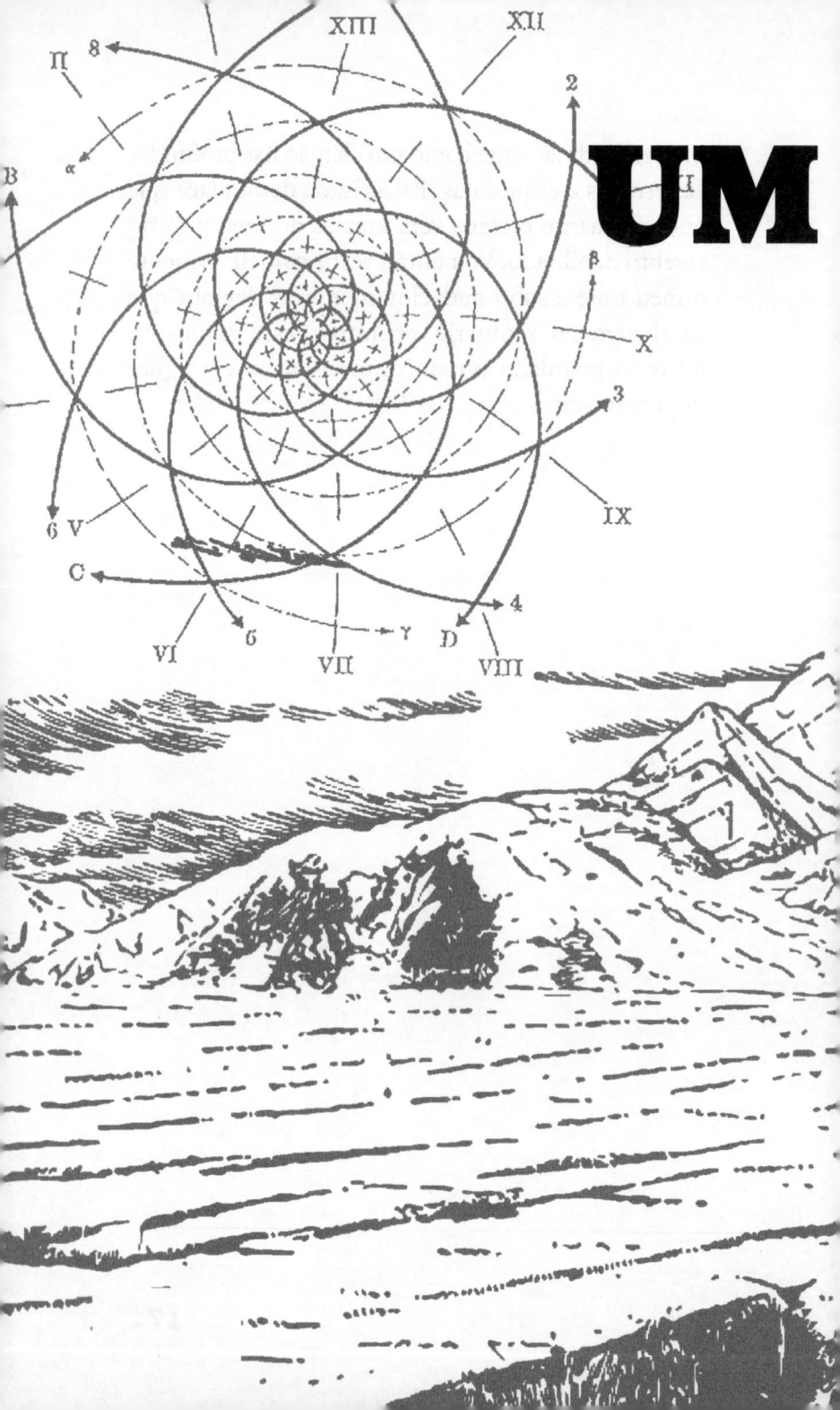

OUTRO MUNDO

J. H. Rosny Aîné

Tradutor: Oleg Almeida

I

Sou nativo da Guéldria.[1] Nosso patrimônio é reduzido a alguns acres de urze e d'água amarela. Os pinheiros, que crescem à sua volta, fremem com um ruído metálico. A granja só tem poucos quartos habitáveis e morre, pedra por pedra, na solidão. Somos de uma antiga família de pastores, outrora numerosa, que se reduz agora aos meus pais, à minha irmã e a mim mesmo.

Meu destino, bastante lúgubre a princípio, tornou-se o mais belo que conheça: encontrei Aquele que me compreendeu; ele vai ensinar o que sou o único a saber no meio dos homens. Só que por muito tempo eu sofri, fiquei desesperado, entregue à dúvida, àquela solidão da alma que acaba corroendo até as certezas absolutas.

---

[1] A maior província neerlandesa, situada na parte central dos Países Baixos. (N. T.)

Vim ao mundo com uma organização única. Desde o começo, tenho dado margem ao pasmo. Não é que parecesse mal conformado: tinha, como me disseram, corpo e rosto mais graciosos do que um recém-nascido costuma ter. Entretanto, a minha tez possuía a cor mais extraordinária, uma espécie de violeta pálido — muito pálido, porém muito nítido. À luz das lâmpadas, sobretudo das lâmpadas a óleo, essa nuança ficava mais pálida ainda e adquiria um estranho matiz branco, como o de um lírio imerso na água. Tal é, pelo menos, a visão das outras pessoas, já que eu mesmo me vejo de modo diferente, assim como vejo de modo diferente todos os objetos deste mundo. Àquela primeira particularidade juntavam-se várias outras, reveladas mais tarde.

Embora nascido com uma aparência saudável, cresci penosamente. Estava magro, não cessava de lamuriar; aos oito meses de idade, não me tinham ainda visto sorrir. Desesperaram-se logo de me criar. O médico de Zwartendam declarou-me acometido por uma grave desnutrição, mas não sugeriu outro remédio senão uma higiene rigorosa. Nem por isso parei de definhar: esperava-se, de um dia para o outro, pela minha desaparição. Meu pai, acredito eu, resignara-se a tanto, visto que o amor-próprio dele, o amor-próprio holandês ordeiro e regrado, pouco se comprazia com o aspecto bizarro de seu filho. Minha mãe, pelo contrário, amava-me na exata proporção de minha bizarrice, acabando por achar bonitinha a cor de minha pele.

Assim é que estavam as coisas, quando um evento bem simples me veio em socorro; e, como tudo devia ser anormal para mim, aquele evento provocou escândalo e apreensões.

Com a partida de uma servente, foi contratada, para substituí-la, uma vigorosa moça da Frísia,[2] cheia de ardor laboral e de honestidade, mas propensa às bebidas fortes. Fui confiado à nova servente. Vendo-me tão débil assim, ela inventou de me dar, às esconsas, um pouco de cerveja e d'água misturada com *schiedam*[3] — soberanos remédios que, na opinião dela, obravam contra todos os males.

O mais interessante é que não demorei a recuperar as forças, passando a demonstrar, desde então, uma extraordinária predileção pelas bebidas alcoólicas. A boa moça se rejubilava secretamente com isso, não sem achar certo deleite em intrigar meus pais e o doutor. Uma vez colocada contra a parede, acabou desvendando o mistério. Meu pai ficou dominado por uma cólera violenta, o doutor censurou, aos gritos, a superstição e a ignorância. Severas ordens foram dadas à criadagem; minha guarda foi retirada àquela frísia.

Voltei a emagrecer, a definhar, até que minha mãe me aplicasse de novo, só dando ouvidos à sua ternura, o regime da cerveja e do *schiedam*. Incontinente, reouve vigor e vivacidade. A experiência era concludente: o

---

[2] Província setentrional dos Países Baixos. (N. T.)
[3] Cheirosa aguardente produzida no nordeste da França, na Bélgica e nos Países Baixos. (N. T.)

álcool se revelava indispensável à minha saúde. Meu pai ficou humilhado com isso; o doutor tirou o corpo fora ao prescrever-me vinhos medicinais, e minha saúde tem sido, de lá para cá, excelente. Não se absteve, aliás, de me predizer uma carreira de bebedeiras e patuscadas.

Pouco depois daquele incidente, uma nova anomalia abalou os meus próximos. Meus olhos, que haviam parecido, logo de início, normais, tornaram-se estranhamente opacos, tomaram uma aparência córnea, como a dos élitros[4] de certos coleópteros. O doutor agourou que eu estivesse perdendo a vista; confessou, todavia, que a doença lhe parecia absolutamente bizarra e tal como nunca lhe fora concedido estudar algo semelhante. Em seguida, a pupila se confundiu tanto com a íris que não era mais possível distingui-las uma da outra. Notou-se, ademais, que eu podia olhar para o sol sem parecer incomodado com isso. Na verdade, não era nada cego, e até mesmo se precisou reconhecer, afinal de contas, que enxergava mui convenientemente.

Assim cheguei à idade de três anos. Era então, segundo opinava a nossa vizinhança, um monstrinho. A cor violeta de minha tez havia pouco variado; meus olhos estavam completamente opacos. Eu falava mal e com uma rapidez inacreditável. Tinha mãos hábeis e era bem conformado para todos os movimentos que

---

[4] Asas anteriores de besouros, cientificamente denominados "coleópteros". (N. T.)

demandam mais destreza do que força. Não se negava que seria gracioso e bonito, se tivesse a tez natural e as pupilas transparentes. Manifestava certa inteligência, porém com lacunas em que meus próximos não se aprofundavam, ainda mais que, tirante minha mãe e a frísia, ninguém me amava tanto assim. Era um objeto de curiosidade para os estranhos e, para meu pai, uma mortificação contínua.

Se, de resto, ele conservara alguma esperança de me ver novamente parecido com os outros homens, o tempo se encarregou de dissuadi-lo. Eu me tornava cada vez mais estranho, quanto aos meus gostos, hábitos e qualidades. Aos seis anos, alimentava-me quase unicamente com álcool. Comia apenas uns bocadinhos de legumes e frutas. Crescia prodigiosamente rápido, era incrivelmente magro e leve. Até compreendo essa "leveza" do ponto de vista específico, o que é justamente o contrário da magreza: assim, nadava sem o menor esforço, flutuava como uma prancha feita de álamo. Minha cabeça não mergulhava mais que o resto do corpo.

Era lesto em proporção àquela leveza. Corria com a velocidade de um cabrito, transpunha facilmente as fossas e outros obstáculos que nenhum homem sequer tentaria transpor. Num piscar de olhos, subia ao topo de uma faia ou, o que surpreendia ainda mais, saltava sobre o telhado da nossa casa. Por outro lado, o menor fardo a carregar me extenuava.

* * *

Tudo isso, em suma, não passava de alguns fenômenos indicativos de uma natureza especial, que só teriam contribuído, por si mesmos, para me tornar singular e malquisto: nenhum deles me classificava fora da Humanidade. Era, sem dúvida, um monstro, mas certamente nem tanto quanto quem nasce com chifres ou orelhas de bicho, uma cabeça de bezerro ou potro, umas barbatanas, sem olhos ou com um olho suplementar, com quatro braços, quatro pernas, ou então sem braços nem pernas. Minha pele, apesar da sua nuança surpreendente, estava bem perto de ser apenas uma pele bronzeada; meus olhos não tinham nada de repugnante, apesar da sua opacidade. Minha extrema agilidade era uma qualidade; minha carência em álcool podia passar por um simples vício, herança de um beberrão: aliás, os broncos iguais à nossa servente frísia viam nisso apenas uma confirmação de suas ideias sobre a "força" do *schiedam*, uma demonstração um tanto forte da excelência de seus gostos. Quanto à velocidade da minha fala, à sua volubilidade, que era impossível acompanhar, isso aparentava confundir-se com os defeitos de pronúncia comuns para tantas crianças que matraqueiam, ceceiam, tartamudeiam. Não tinha, pois, indícios marcados da monstruosidade propriamente dita, embora o conjunto fosse extraordinário: é que o lado mais interessante da minha natureza escapava aos meus próximos, sem nenhum deles se dar conta de que a minha visão diferia estranhamente da visão normal.

Se não enxergava certas coisas tão bem como os outros, enxergava muitas coisas que ninguém vê. Essa diferença se manifestava especialmente em relação às cores. Tudo o que se chama de vermelho, laranja, amarelo, verde, azul, índigo apresentava-se a mim de uma cor cinza, mais ou menos enegrecida, ao passo que eu percebia o violeta e toda uma série de cores além dele, ou seja, aquelas cores que não passam do breu noturno para as pessoas normais. Como reconheci mais tarde, estou distinguindo assim umas quinze cores tão dessemelhantes quanto, por exemplo, o amarelo e o verde — com uma infinidade de degradações, bem entendido.

Em segundo lugar, a transparência não se manifesta ao meu olho em condições ordinárias. Enxergo mediocremente através de uma vidraça ou da água: o vidro é colorido demais para mim; a água também, e sensivelmente, mesmo com uma espessura pequena. Muitos daqueles cristais ditos diáfanos são mais ou menos opacos, e, pelo contrário, um número bem grande de corpos ditos opacos não detêm a minha visão. Em geral, vejo através dos corpos bem mais frequentemente do que vocês, e a translucidez, a transparência turva, surge tantas vezes que, posso dizer isto, ela é uma regra da natureza, para o meu olho, enquanto a opacidade completa é uma exceção. Assim é que fico discernindo os objetos através da madeira, das folhas, das pétalas florais, do ferro magnético, do carvão, etc. Contudo, esses corpos se tornam um obstáculo à medida que varia a espessura deles, como, por exemplo, uma árvore grossa, a água de um metro de profundidade, um compacto bloco de carvão ou de quartzo.

O ouro, a platina, o mercúrio são pretos e opacos, o gelo é um tanto preto. O ar e o vapor d'água são transparentes e, porém, coloridos, assim como certas amostras de aço, certas argilas muito puras. As nuvens não me impedem de avistar o sol nem as estrelas. Chego, aliás, a distinguir nitidamente as mesmas nuvens suspensas na atmosfera.

Essa diferença de minha visão, se comparada com a das outras pessoas, era, segundo já disse, bem pouco notada pelos meus próximos: acreditava-se que distinguia mal as cores, e nada mais, sendo uma enfermidade por demais trivial para atrair muita atenção. Não tinha consequências para as miúdas ações de minha vida, pois eu enxergava as formas dos objetos da mesma maneira e, quem sabe, mais sutilmente que a maioria das pessoas. Só me embaraçava em designar um objeto pela sua cor, quando era preciso diferenciá-lo de outro objeto da mesma forma, caso esses objetos fossem novos. Se alguém chamava de azul a cor de um colete, e de vermelho a cor de outro colete, pouco importavam as cores reais com que tais coletes se apresentavam a mim: "azul" e "vermelho" tornavam-se termos puramente mnemônicos.[5]

Com base nisso, vocês poderiam achar que havia uma maneira de conciliar as minhas cores com as de outrem e que, então, era como se eu tivesse visto estas últimas. No entanto, conforme já escrevi, quando o vermelho, o verde, o amarelo, o azul, etc., estão puros,

---

[5] Característicos e fáceis de memorizar. (N. T.)

como o estão as cores do prisma, eu os percebo como se fossem de um cinza mais ou menos enegrecido: para mim, não são cores. Na natureza, onde nenhuma cor está simples, não é a mesma coisa: tal substância dita verde, por exemplo, tem para mim certa cor composta,[6] mas outra substância dita verde, que é, para vocês, identicamente do mesmo matiz que a primeira, não tem mais, de modo algum, a mesma cor para mim. Veem, pois, que a minha escala de cores não corresponde à sua: quando consinto em chamar de amarelo, ao mesmo tempo, o latão e o ouro, é como se vocês consentissem, digamos, em chamar de vermelho tanto uma centáurea quanto uma papoula.[7]

II

Se a tanto se limitasse a diferença entre a minha visão e a visão habitual, isso já pareceria, por certo, assaz extraordinário. Todavia, é pouco em comparação àquilo que me resta a dizer para vocês. O mundo colorido com outras cores, transparente e opaco de outra maneira; a faculdade de ver através das nuvens, de avistar as estrelas no meio das noites mais encobertas, de discernir, não obstante uma parede de madeira, o que se passa num quarto vizinho ou fora de uma

---

[6] Entenda-se bem que essa cor composta não contém verde, porquanto o verde é uma treva para mim. (N. A.)
[7] Essas flores são, respectivamente, lilás e vermelha. (N. T.)

habitação — o que é tudo isso, se comparado à percepção de um MUNDO VIVO, de um mundo de Seres animados que se movem ao lado e ao redor do homem, sem que o homem esteja consciente disso nem advertido por qualquer espécie de contato imediato? O que é tudo isso, se comparado à revelação de que existe, sobre esta terra, outra fauna que não seja a nossa: uma fauna que não se parece, quanto à sua forma nem à sua organização, aos seus costumes nem ao seu modo de crescer, de nascer e de morrer, com a nossa? Uma fauna que vive ao lado da nossa e através da nossa, influencia os elementos que nos circundam e é influcnciada, vivificada por esses elementos, sem que nós aventemos a sua presença. Uma fauna que — cheguei a demonstrá-lo — ignora-nos, como a ignoramos, e evolui, sem sabermos dela, como evoluímos sem ela saber de nós. Um mundo vivo, tão variado quanto o nosso, tão potente quanto o nosso — e, talvez, mais potente ainda — em seus efeitos sobre a face do planeta! Um reino, enfim, que se move sobre as águas, na atmosfera, sobre o solo, que modifica essas águas, essa atmosfera e esse solo, de uma forma bem diferente da nossa, mas com uma energia seguramente formidável, e que assim, indiretamente, está agindo sobre nós mesmos e nossos destinos, como nós agimos indiretamente sobre ele e seus destinos!... Portanto, eis o que vi, o que vejo, sozinho entre os homens e os bichos; eis o que estudo ardentemente, há cinco anos, depois de passar a minha infância e a minha adolescência somente a constatá-lo.

III

A constatá-lo! Desde a época mais remota de que me lembre, submetia-me, por mero instinto, à sedução daquela criação estranha à nossa. De início, confundia-a com outras coisas vivas. Percebendo que ninguém se incomodava com a presença dela, que todos, pelo contrário, pareciam indiferentes, não tinha tanta necessidade de assinalar as suas minúcias. Aos seis anos, sabia perfeitamente em que ela diferia das plantas campestres, dos bichos do aviário e do estábulo, porém a confundia um pouco com os fenômenos inertes, como os clarões da luz, o curso das águas e das nuvens. É que esses seres eram intangíveis: quando me atingiam, não sentia nenhum efeito de seu contato. A forma deles — aliás, bem variada — tinha, entretanto, aquela singularidade de ser tão delgada, numa das suas três dimensões, que se poderia compará-los a figuras desenhadas, a superfícies, a linhas geométricas que estariam em movimento. Eles traspassavam todos os corpos orgânicos; em compensação, pareciam, de vez em quando, parados, enredados em obstáculos invisíveis... Contudo, vou descrevê-los mais tarde. Atualmente, só quero assinalá-los, afirmar sua variedade de contornos e linhas, sua espessura quase inexistente, sua impalpabilidade, combinadas com a autonomia de seus movimentos.

* * *

Pelo meu oitavo ano, dei-me perfeitamente conta de que eles eram distintos tanto dos fenômenos atmosféricos quanto dos animais de nosso reino. No êxtase que me causara aquela descoberta, tentei expressá-la. Jamais consegui. Além de minha fala ser quase totalmente incompreensível, segundo já disse, o extraordinário de minha visão tornava-a suspeita. Ninguém se deteve a desvendar meus gestos e minhas frases, bem como não se aventurara a admitir que estivesse vendo através das paredes de madeira, conquanto eu tivesse amiúde dado provas daquilo. Havia, entre mim e os outros, uma barreira quase insuperável.

Caí no desânimo e no devaneio; tornei-me uma espécie de pequeno solitário; provocava e sentia mal-estar em companhia das crianças de minha idade. Não era exatamente uma vítima, pois a minha velocidade me colocava fora do alcance das malícias infantis e me fornecia o meio de me vingar com facilidade. Com a mínima ameaça, ficava à distância e caçoava de quem me perseguisse. Fosse qual fosse o número deles, os moleques jamais conseguiram nem me cercar nem, menos ainda, bater em mim. Nem mesmo se devia tentar apanhar-me com engodos. Por mais fraco que eu fosse para carregar fardos, meu ímpeto era irresistível e me safava logo. Podia voltar de improviso, enchendo o adversário, e até mesmo os adversários, de golpes rápidos e certeiros. Então me deixaram em paz. Achava-se, ao mesmo tempo, que eu fosse inocente e um pouco bruxo, mas essa minha bruxaria era antes desprezada que temida. Gradualmente, cheguei a construir minha vida externa, arredia e meditativa, mas não totalmente desprovida de ternura. O carinho de minha mãe era o único que me humanizava, embora, por demais ocupada o dia todo, ela não encontrasse tanto tempo para os afagos.

IV

Tentarei descrever sumariamente algumas cenas do meu décimo ano, a fim de concretizar as explicações precedentes.

É de manhã. Uma luz viva ilumina a cozinha, luz amarela pálida para meus pais e nossos criados, mas bem diferente para mim. Serve-se o primeiro desjejum: pão com chá. Mas eu cá não tomo chá. Deram-me um copo de *schiedam* com um ovo cru. Minha mãe cuida ternamente de mim; meu pai me faz perguntas. Tento responder para ele, retardo a minha fala; ele só compreende uma sílaba aqui, outra acolá, e acaba dando de ombros.

— Ele não falará jamais!...

Minha mãe olha para mim com compaixão, persuadida de que sou um tanto bronco. Os domésticos e as serventes não têm mais nem curiosidade pelo monstrinho violeta; a frísia regressou, há muito tempo, à sua terrinha. Quanto à minha irmã, que tem dois anos, ela brinca ao meu lado, e sinto por ela uma profunda ternura.

Terminado o desjejum, meu pai parte para os campos com os serventes, e minha mãe começa a mexer com as tarefas cotidianas. Sigo-a pelo pátio.

Os bichos se aproximam dela. Miro-os com interesse, gosto deles. Contudo, o outro Reino se agita ao redor e me atrai mais ainda: é o misterioso domínio que eu, sozinho, conheço.

Eis umas formas esparsas sobre a terra marrom; elas se movem, param, palpitam ao rés do solo. Pertencem a várias espécies, diferentes pelo seu contorno, pelo movimento e, sobretudo, pela disposição, pelo desenho e pelas nuanças dos traços que as traspassam. Esses traços constituem, em suma, o principal de seu ser, e, criança que sou, eu reparo muito bem nisso. Enquanto a massa de seu corpo é baça, acinzentada, as linhas são quase sempre cintilantes. Tais linhas constituem redes bem complicadas, emanam de centros, irradiam-se deles, até que se percam ou se tornem imprecisas. Suas nuanças são incontáveis, suas curvas infinitas. Essas nuanças variam para uma mesma linha, bem como, embora menos, a forma dela.

No total, o ser se compõe de um contorno bastante irregular, mas bem distinto, de centros de irradiação, de linhas multicolores que se entrecruzam em abundância. Quando ele se move, as linhas trepidam, oscilam, os centros se contraem e se dilatam, ao passo que o contorno varia pouco.

Desde então, vejo muito bem tudo isso, ainda que seja incapaz de defini-lo: um adorável encanto me penetra, quando estou contemplando os *Moedigen*.[8]

---

[8] É o nome que lhes dei espontaneamente, no decorrer da minha infância, e que conservei para eles, muito embora não corresponda a nenhuma qualidade nem forma daqueles seres. (N. A.)

Um deles, colosso de dez metros de comprimento e quase da mesma largura, passa devagar através do pátio e desaparece. Com umas faixas largas como os cabos e centros grandes como as asas de águias, tal criatura me interessa extremamente e quase me amedronta. Hesito, por um instante, em segui-la, mas eis que outras criaturas atraem a minha atenção. Elas são de todos os tamanhos: algumas não ultrapassam o comprimento dos nossos menores insetos, porém já vi outras atingirem mais de trinta metros de comprimento. Avançam diretamente pelo solo, como que amarradas às superfícies sólidas. Apresentando-se um obstáculo material, um muro ou uma casa, superam-no aderindo à sua superfície, sempre sem modificações importantes de seu contorno. Mas quando o obstáculo é de matéria viva, ou tendo vivido, passam direto: assim é que as vi mil vezes surgirem de uma árvore e sob os pés de um animal ou de um homem. Passam também através da água, mas preferem permanecer à tona.

Esses *Moedigen* terrestres não são os únicos seres intangíveis. Existe uma população aérea, cujo esplendor é maravilhoso, cujas sutileza, variedade e luminosidade são incomparáveis, ao lado da qual as mais belas aves são descoradas, vagarosas e lerdas. Lá também há um contorno e várias linhas. Só que o fundo não é mais acinzentado: é estranhamente luminoso, cintila como o sol, e as linhas se destacam nele em nervuras vibrantes, os centros palpitam com violência. A forma dos *Vuren*, assim é que os nomeio, é mais irregular que a dos *Moedigen* terrestres, e geralmente eles se dirigem com a ajuda de disposições rítmicas, de entrecruzamentos e descruzamentos que, nesta minha ignorância, não posso determinar, e que confundem a minha imaginação.

Entretanto, enveredei através de um prado recentemente ceifado: o combate de um *Moedig* com outro atrai a minha atenção. Tais combates são amiudados; empolgam-me violentamente. Às vezes, é uma luta de igual para igual; o mais das vezes, a investida de um forte contra um fraco (esse fraco não é necessariamente o menor). No caso presente, o fraco, após uma curta defesa, põe-se em fuga, vivamente perseguido pelo agressor. Malgrado a rapidez de sua corrida, sigo-os e consigo não perder ambos de vista até o momento em que a luta recomeça. Eles se precipitam um contra o outro, dura e até mesmo rigidamente, sólidos um para o outro. Ao encontrão, suas linhas passam a fosforescer, dirigem-se ao ponto de contato; seus centros empalidecem e diminuem de tamanho. De início, a luta se mantém bastante igual: o mais fraco desdobra a mais intensa energia e consegue mesmo obter uma trégua do seu adversário. Aproveita-a para fugir de novo, mas é rapidamente alcançado, atacado com força e, afinal, pego, isto é, mantido numa chanfradura do contorno do outro. É precisamente aquilo que ele tem procurado evitar, respondendo aos choques do mais forte com golpes menos enérgicos, porém mais precipitados. Agora vejo todas as linhas dele trepidarem, seus centros pulsarem de modo desesperado; e, pouco a pouco, as linhas empalidecem, ficam mais finas, os centros se tornam imprecisos. Alguns minutos depois, a liberdade lhe é devolvida: ele se afasta com lentidão, esmaecido, debilitado. Seu antagonista, pelo contrário, cintila ainda mais, suas linhas estão mais coloridas, seus centros, mais nítidos e velozes.

Essa luta me deixou intimamente arrebatado; sonho com ela, comparo-a com as lutas que vejo, por vezes, entre os nossos bichos grandes e pequenos; fico atinando, confusamente, que em suma os *Moedigen* não matam um ao outro, ou então raras vezes, e que o vencedor se contenta em aumentar sua força à custa do vencido.

A manhã avança, são quase oito horas; a escola de Zwartendam está para se abrir. Dou um pulinho até a granja, pego meus livros, e eis-me no meio dos meus semelhantes, onde ninguém adivinha os profundos mistérios que palpitam ao seu redor, nem faz a mais vaga ideia dos seres vivos através dos quais passa a humanidade inteira, e que atravessam a humanidade, sem nenhum indício dessa mútua penetração.

Sou um aluno coitado. Minha escrita não passa de um traçado apressado, informe, ilegível; minha fala continua sendo incompreendida; minha distração está manifesta. Continuamente, o mestre-escola exclama:

— Karel Ondereet, vai logo parar de olhar as moscas voarem, não vai?...

Ai do senhor, meu caro mestre! É verdade que estou olhando as moscas voarem, porém quanto mais é que minha alma acompanha os *Vuren* misteriosos que passam pela sala! E quais sentimentos estranhos é que obcecam esta minha alma infantil a constatar a cegueira de todos e, sobretudo, a sua cegueira, austero pastor das inteligências!

V

O período mais penoso de minha vida durou dos doze aos dezoito anos.

A princípio, meus pais tentaram matricular-me no colégio; lá conheci apenas misérias e dissabores. Ao preço de dificuldades extenuantes, chegava a expressar, de uma maneira quase compreensível, as coisas mais usuais: retardando, com muito esforço, as minhas sílabas, arremessava-as sem jeito e com acentos de surdo. Contudo, logo que se tratava de algo complicado, minha fala retomava a sua fatal velocidade, e ninguém mais conseguia acompanhar-me. Não pude, portanto, exteriorizar meus progressos de viva voz. Por outro lado, minha escrita era atroz, minhas letras esbarravam uma na outra, e, tomado de impaciência, eu omitia sílabas e palavras inteiras: era um imbróglio monstruoso. De resto, a escrita era, para mim, um suplício ainda mais insuportável, talvez, do que aquela fala cujas lerdeza e lentidão me asfixiavam! Se, vez por outra, a duras penas e banhando-me em suor, eu chegava a encetar um dever, ficava logo sem energia nem paciência, sentia que estava desmaiando. Então preferia as admoestações dos professores, as fúrias de meu pai, os castigos, as privações, os desprezos àquele trabalho horrível.

Assim, estava quase totalmente privado de meios de expressão: objeto de escárnio, já em função de minha magreza e meu colorido bizarro, de meus olhos estranhos, passava ainda por uma espécie de idiota. Tiveram de me retirar da escola, resignando-se em fazer de mim um bronco. No dia em que meu pai decidiu renunciar a toda e qualquer esperança, disse-me com uma doçura inabitual:

— Estás vendo, meu pobre menino: cumpri meu dever... meu dever todo! Não me censures nunca pelo teu destino!

Fiquei profundamente emocionado; verti lágrimas ardentes: jamais senti, com maior amargura, meu isolamento no meio das pessoas. Ousei abraçar ternamente meu pai; murmurava:

— Não é verdade, porém, que eu seja um imbecil!

E, de fato, sentia-me superior àqueles que tinham sido meus condiscípulos. Havia algum tempo, a minha inteligência tivera um desenvolvimento notável. Eu lia, eu compreendia, eu adivinhava e possuía imensos elementos de meditação, além dos que possuem os outros homens, nesse universo visível tão só para mim.

Meu pai não apreendeu as minhas palavras, mas se enterneceu com meu carinho.

— Pobre menino! — disse.

Eu olhava para ele; estava numa aflição pavorosa, por demais ciente de que o vazio não seria jamais preenchido entre nós dois. Minha mãe, por mera intuição amorosa, via naquele momento que eu não era inferior aos outros garotos de minha idade: contemplava-me com ternura, dizia-me algo ingenuamente doce, provindo do âmago de seu ser. Ainda assim, eu estava condenado a cessar meus estudos.

Por causa da minha exígua força muscular, confiaram-me o cuidado das ovelhas e do gado. Desincumbia-me disso às mil maravilhas; nem precisava de cão para guardar rebanhos, já que nenhum potro, nenhum garanhão era tão ágil quanto eu.

Levei, pois, dos catorze aos dezessete anos, a vida solitária dos pastores. Ela me convinha melhor do que qualquer outra. Entregue à observação e à contemplação, bem como a algumas leituras, meu cérebro não cessou de crescer. O tempo todo, eu comparava a dupla criação que tinha diante dos olhos, tirava disso ideias relativas à constituição do universo, esboçava vagamente hipóteses e sistemas. Se é verdade que meus pensamentos não tiveram, a essa altura, uma perfeita correlação, não formaram uma síntese lúcida, por serem pensamentos de adolescente, incoordenados, impacientes, entusiásticos, eles foram, todavia, originais e fecundos. Bem que me absterei de negar que o valor deles dependesse, sobretudo, da minha compleição única. Não era dela, porém, que recebiam toda a sua força. Creio que posso dizer, sem a mínima soberba, que ultrapassavam consideravelmente, tanto em sutileza quanto em lógica, os pensamentos dos jovens ordinários.

Só eles é que trouxeram um consolo à minha triste vida de semipária, sem companheiros, sem comunicações reais com todos aqueles que me rodeavam, nem mesmo com minha adorável mãe.

* * *

Aos dezessete anos, a vida se tornou decididamente insuportável para mim. Fiquei cansado de sonhar, cansado de vegetar numa ilha deserta de pensamento.

Estava caindo de languidez e de tédio. Quedava-me, por longas horas, imóvel, desinteressado do mundo inteiro, desatento de tudo quanto se passava em minha família. Que me importava conhecer coisas mais maravilhosas do que os outros conhecem, posto que esses conhecimentos também devessem morrer comigo? O que era, para mim, o mistério dos seres vivos e mesmo a dualidade de dois sistemas vitais que traspassavam um ao outro sem se conhecerem? Aquelas coisas teriam podido embriagar-me, encher-me de entusiasmo e de ardor, se eu tivesse, de alguma forma, podido ensiná-las ou partilhá-las. E daí? Vãs e estéreis, absurdas e miseráveis, elas contribuíam antes para minha perpétua quarentena psíquica.

Diversas vezes, sonhei em anotar, em fixar, ainda assim, ao preço de esforços contínuos, algumas das minhas observações. Todavia, desde que saíra da escola, havia completamente abandonado a pena e, já sendo um escriba tão ruim, mal sabia traçar, com toda a aplicação possível, as vinte e seis letras do alfabeto. Ainda se tivesse concebido alguma esperança, teria, quiçá, persistido! Mas quem levaria a sério minhas miseráveis elucubrações? Onde estaria o leitor que não me achasse louco? Onde estaria o sábio que não me mandasse embora com desdém ou ironia? Destarte, por que me dedicaria àquela tarefa vã, àquele irritante suplício, quase semelhante ao que seria, para um homem ordinário, a obrigação de gravar seu pensamento em mesas de mármore, com um grosso cinzel e um martelo de ciclope! Minha própria escrita deveria ser estenográfica e, ainda por cima, de uma estenografia mais rápida que a usual.

Não tinha, pois, a coragem de escrever, porém esperava fervorosamente por algo ignoto, por não sei que destino feliz e singular. Parecia-me que deviam existir, em tal canto da terra, alguns cérebros imparciais, lúcidos, escrutadores, aptos a estudar-me, a compreender-me, a fazer que meu grande segredo jorrasse de mim e a comunicá-lo a outrem. Mas onde é que estavam aqueles homens? Que esperança é que tinha de encontrá-los um dia?

E eu recaía numa vasta melancolia, nos desejos de imobilidade e de aniquilamento. Durante todo um outono, fiquei desesperado com o Universo. Languescia num estado vegetativo, do qual só saía para me entregar a longas lamúrias, seguidas de dolorosas revoltas.

Emagreci mais ainda, a ponto de me tornar fantástico. A gente da aldeia chamava-me, ironicamente, *Den Heyligen Gheest*, o Espírito Santo. Minha silhueta era trêmula, como a dos jovens álamos, leve como um reflexo, e eu atingia, com isso, a estatura dos gigantes.

Devagar, um projeto veio nascendo. Já que minha vida estava sacrificada, já que nenhum dos meus dias tinha encanto algum e que tudo era treva e amargor para mim, por que me atolaria na inação? Supondo que não existisse nenhuma alma capaz de responder à minha alma, valia, pelo menos, a pena fazer um esforço para me convencer disso. Valia, pelo menos, a pena deixar essa sombria paragem, ir procurar pelos cientistas e filósofos nas grandes cidades. Não era eu, por mim mesmo, um objeto de curiosidade? Antes de chamar a atenção para meus conhecimentos extra-humanos, não podia excitar a vontade de estudarem a minha pessoa? Os aspectos físicos de meu ser não eram, em si, dignos de análise, e minha vista, e a extrema velocidade de meus movimentos e a particularidade de minha alimentação?

Quanto mais eu sonhava com isso, tanto mais razoável me parecia a minha esperança e tanto mais crescia a minha resolução. Chegou o dia em que ela ficou inabalável, em que a confessei aos meus pais. Nenhum deles compreendeu muita coisa, mas ambos acabaram cedendo a instâncias reiteradas: obtive a permissão de partir para Amsterdam, mesmo que tivesse de regressar se o destino não me favorecesse.

Uma manhã, parti.

VI

Há cerca de cem quilômetros entre Zwartendam e Amsterdam. Percorri facilmente essa distância em duas horas, sem outras aventuras senão a extrema surpresa dos que iam e dos que vinham, ao verem-me correr com tamanha velocidade, e umas reuniões nas imediações das pequenas cidades e dos grandes vilarejos que eu contornava. Para retificar o meu caminho, dirigi-me, duas ou três vezes, a velhas pessoas solitárias. Meu instinto de orientação, que é excelente, fez o resto.

Eram aproximadamente nove horas, quando alcancei Amsterdam. Entrei, resoluto, naquela grande cidade, caminhei ao longo dos seus belos canais sonhadores, onde habitam suaves flotilhas mercantes. Não atraí tanta atenção quanto receara atrair. Andava depressa, no meio da gente ocupada, aturando, aqui e acolá, as piadinhas de alguns jovens vagabundos. Não me dispunha, porém, a fazer alto. Já havia cruzado a cidade, mais ou menos em todas as direções, quando tomei, enfim, a decisão de entrar numa taberna, sobre um dos cais do *Heeren Gracht*. O lugar estava sossegado; o magnífico canal estendia-se, cheio de vida, entre as frescas fileiras de árvores, e pareceu-me que, no meio dos *Moedigen* que via circularem pelas margens dele, eu vislumbrava alguns de nova espécie. Após certa indecisão, passei o limiar da taberna e, dirigindo-me ao patrão, pedi-lhe, tão lentamente quanto pude, que me indicasse, por gentileza, um hospital.

O taberneiro olhou para mim com estupor, desconfiança e curiosidade; várias vezes tirou seu grosso cachimbo da boca e colocou-o de volta; em seguida, acabou dizendo:

— O senhor é, sem dúvida, das colônias?

Sendo perfeitamente inútil contrariá-lo, respondi-lhe:

— De fato!...

Ele pareceu encantado com a própria perspicácia; então me fez nova pergunta:

— Talvez esteja vindo daquela parte de Bornéu[9] onde jamais se pôde entrar?

---

[9] Grande ilha localizada no sudeste da Ásia e pertencente, na época descrita, à Holanda. (N. A.)

— É isso mesmo!...

Eu tinha falado rápido demais: ele esbugalhou os olhos.

— É isso mesmo! — repeti, mais devagar.

O taberneiro sorriu com satisfação.

— É difícil, para o senhor, falar holandês, diga aí?... Então, é um hospital que está procurando... Decerto está doente?

— Sim...

Os clientes se tinham aproximado. Já corria o rumor de que eu fosse um antropófago de Bornéu; entretanto, olhavam para mim de maneira bem mais curiosa que antipática. Havia quem viesse correndo da rua. Fiquei nervoso, inquieto. Mantive, porém, meu sangue-frio e prossegui, tossindo:

— Estou muito doente!

— É como os macacos daquele país... — disse então, com benevolência, um homem gordíssimo. — A Holanda os mata!

— Que pele esquisita! — acrescentou outro cliente.

— E como ele enxerga? — questionou um terceiro, apontando para meus olhos.

O círculo se estreitou, envolveu-me com cem olhares curiosos, e novas pessoas vinham, o tempo todo, entrando na sala.

— Como é comprido!

É verdade que eu era uma cabeça inteira, mais alto do que os mais altos.

— E magro!...

— Não parece que os antropófagos comam tanto assim!

Nenhuma dessas vozes era malévola. Alguns indivíduos simpáticos me protegiam:

— Não o apertem desse jeito, que está doente!

— Ora vamos, amigo: coragem! — disse o homem gordo, reparando em meu nervosismo. — Eu mesmo o levarei para um hospital.

Ele me tomou pelo braço; assumiu o dever de abrir passagem na multidão e lançou tais palavras:

— Espaço para um doente!

As multidões holandesas não são muito rudes: deixaram-nos passar, mas foram atrás. Caminhávamos ao longo do canal, seguidos por uma turba compacta, e as pessoas gritavam:

— É um canibal de Bornéu!

* * *

Enfim, chegamos ao hospital. Era a hora de visitas. Fui apresentado para um interno, jovem de óculos azuis, que me recebeu com azedume. Meu companheiro lhe disse:

— É um selvagem das colônias.

— Como assim, "um selvagem"? — exclamou o outro.

Tirou seus óculos para me examinar. Por um momento, ficou imóvel de tão surpreso. Perguntou-me bruscamente:

— O senhor enxerga?

— Enxergo muito bem...

Tinha falado rápido demais.

— Esse sotaque dele! — disse o homem gordo, todo orgulhoso. — Repita, amigo!

Repeti, fiz que me entendessem.

— Não são olhos humanos aí... — murmurou o estudante. — E essa tez!... É a tez de sua raça?

Então eu disse, com um terrível esforço de retardação:

— Vim para que um cientista me examinasse!

— Não está, pois, doente?

— Não!

— Mas é de Bornéu?

— Não!

— Donde é, então?

— De Zwartendam, perto de Duisburgo!

— Então por que seu acompanhante afirma que o senhor é de Bornéu?

— Eu não quis contradizê-lo...

— E deseja ver um cientista?

— Sim.

— Para quê?

— Para ser estudado.

— Para ganhar dinheiro?

— Não, de graça.

— Não é um pobre? Um mendigo?

— Não!

— O que incita o senhor a querer ser estudado?

— Minha organização...

Ainda falara, apesar de meus esforços, rápido demais. Tive de repetir o dito.

— Tem certeza de que me enxerga? — perguntou ele, olhando fixamente para mim. — Seus olhos parecem córneos...

— Enxergo muito bem...

E, andando de um lado para o outro, eu peguei vivamente alguns objetos, coloquei-os no mesmo lugar, joguei-os ao ar para apanhá-los.

— É extraordinário! — prosseguiu o jovem.

Sua voz suavizada, quase amistosa, encheu-me de esperança.

— Escute — disse ele, enfim — acredito que o doutor Van den Heuvel poderá ficar interessado em seu caso... Farei que o previnam. O senhor aguardará na sala vizinha... E, a propósito... já ia esquecendo... em suma, o senhor não está doente?

— Nem um pouco.

— Bom. Veja bem... entre lá... O doutor não vai demorar...

Fiquei sentado em meio aos monstros conservados em álcool: fetos, crianças de forma bestial, batráquios[10] descomunais, sáurios[11] vagamente antropomorfos.

"É bem aqui" — pensei — "minha sala de espera... Será que não sou candidato a um desses sepulcros cheios de aguardente?"

VII

Quando apareceu o doutor Van den Heuvel, a emoção se apoderou de mim: senti o frêmito da Terra Prometida, a alegria de tocar nela, o pavor de ser

---

[10] Animais que vivem tanto na terra quanto na água, tais como sapos e rãs. (N. T.)

[11] Espécie de répteis, tais como lagartos. (N. T.)

expulso dali. O doutor, de grande testa calva, de olhar penetrante de analista, de boca suave e, não obstante, teimosa, examinava-me em silêncio, e para ele, assim como para todos, minha excessiva magreza, minha estatura alta, meus olhos obscurecidos, minha tez violeta eram motivos de estranhamento.

— Está dizendo que deseja ser estudado? — perguntou ele, afinal.

Respondi com uma força que beirava a violência:

— Sim!

Ele sorriu, com expressão aprobativa, e fez-me a pergunta costumeira:

— Será que enxerga bem com esses olhos aí?

— Muito bem... enxergo mesmo através da madeira, das nuvens...

Contudo, falara rápido demais. Ele me lançou um olhar inquieto. Então repeti, banhando-me em suor:

— Enxergo mesmo através da madeira, das nuvens...

— Verdade? Seria extraordinário... Pois bem! O que está vendo através daquela porta... lá?

Apontou-me uma porta trancada.

— Uma grande biblioteca envidraçada... uma mesa esculpida...

— Verdade! — repetiu ele, estupefato.

Meu peito se dilatou, uma profunda doçura envolveu-me a alma.

O cientista permaneceu, por alguns segundos, em silêncio, dizendo a seguir:

— O senhor fala com muita dificuldade.

— Senão, falo rápido demais!... Não posso falar lentamente.

— Pois bem: fale um pouco conforme sua natureza. Então relatei o episódio de minha entrada em Amsterdam. Ele me escutava com uma atenção extrema, com tais ares de inteligência e observação que eu não tinha ainda encontrado no meio dos meus semelhantes. Não entendeu nada daquilo que eu dizia, mas demonstrou a sagacidade de sua análise.

— Não estou enganado... o senhor pronuncia de quinze a vinte sílabas por segundo, ou seja, três a quatro vezes mais do que o ouvido humano pode apreender. Aliás, sua voz é muito mais aguda do que tudo quanto já ouvi como voz humana. Seus gestos, rápidos em excesso, correspondem bem a essa fala... É provável que toda a sua organização seja mais rápida que a nossa.

— Corro — disse eu — mais depressa do que um galgo... Escrevo...

— Ah! — interrompeu ele. — Vejamos a escrita...

Rabisquei algumas palavras sobre uma folha de mata-borrão que ele me estendia, sendo as primeiras bastante legíveis, e as outras, cada vez mais confusas, abreviativas.

— Perfeito! — disse ele, e certo prazer se misturava ao seu pasmo. — Acredito que terei de me felicitar pelo nosso encontro. Seguramente, seria interessantíssimo estudá-lo...

— É o mais vivo, o único desejo meu!

— E o meu, evidentemente... A ciência...

Calou-se preocupado, meditativo, e acabou por dizer:

— Se somente pudéssemos encontrar um meio fácil de comunicação...

Caminhou de lá para cá, franzindo o sobrolho. De súbito, exclamou:

— Como sou limitado! O senhor vai aprender a estenografia, ora bolas!... Ei, ei!

Uma expressão risonha surgiu em seu rosto.

— E o fonógrafo de que me esquecia... aquele bom confidente! Bastará manejá-lo mais devagar para a audição do que para a gravação... Está dito: o senhor ficará comigo durante a sua estada em Amsterdam!

Alegria da vocação satisfeita, deleite de não passar dias vãos e estéreis! Ante a personalidade inteligente do doutor, naquele meio científico, senti um bem-estar delicioso; a melancolia de minha solidão espiritual, o lamento de minhas faculdades desperdiçadas, a longa miséria de pária que me esmagava havia tantos anos — tudo se esvaiu, tudo se evaporou graças à sensação de uma vida nova, de uma vida verdadeira, de um destino salvo!

VIII

Logo no dia seguinte, o doutor tomou todas as providências necessárias. Escreveu para meus pais; convidou um professor de estenografia para mim e arranjou uns fonógrafos para si mesmo. Como era muito rico, e todo entregue à ciência, não havia experiência que não se propusesse a fazer, e minha visão, minha audição, minha musculatura, a cor de minha pele foram submetidas a escrupulosas investigações, com que ele se entusiasmava cada vez mais, exclamando:

— Isso chega a ser prodigioso!

Compreendi às mil maravilhas, ao cabo dos primeiros dias, como era importante que as coisas se fizessem metodicamente, do simples ao composto, do anormal fácil ao anormal maravilhoso. A mim, recorri a uma pequena artimanha, que não escondi ao doutor: passei a revelar-lhe as minhas faculdades apenas uma de cada vez.

Logo de início, ele se interessou pela rapidez de minha percepção e de meus movimentos. Pôde convencer-se de que a sutileza de minha audição respondia à velocidade de minha fala. As graduais experiências sobre os barulhos mais fugazes, que eu imitava com desenvoltura, as palavras de dez ou quinze pessoas a falarem juntas, que eu discernia perfeitamente, tornaram esse aspecto bem evidente. A presteza de minha visão não se manifestou sendo menor, e os ensaios comparativos entre a minha capacidade de decompor o galope de um cavalo, o voo de um inseto, e a mesma capacidade dos aparelhos de fotografia instantânea foram todos a favor de meu olho. Quanto à percepção das coisas ordinárias, movimentos simultâneos de um grupo de homens, de crianças em recreio, evolução de instrumentos, pedrinhas jogadas ao ar ou bolinhas lançadas numa alameda para serem contadas voando, ela deixava estupefatos os familiares e amigos do doutor.

Minha corrida no grande jardim, meus saltos de vinte metros, minha instantaneidade em pegar os objetos, ou em alcançá-los, eram ainda mais admirados, não pelo doutor, mas pelos seus próximos. E era um prazer sempre novo, para os filhos e a mulher de meu anfitrião, verem-me, durante um passeio no campo, correr à frente de um cavaleiro lançado a galope ou seguir o voo de alguma andorinha: não há, efetivamente, nem cavalo de puro sangue a que não me antecipe, dois terços de seu corpo, seja qual for o percurso, nem ave que não possa ultrapassar com facilidade.

Quanto ao doutor, cada vez mais satisfeito com o resultado de suas experiências, ele me definia assim: "um ser humano dotado, em todos os movimentos, de uma velocidade incomparavelmente superior, não apenas à dos outros homens, mas ainda à de todos os animais conhecidos. Essa velocidade, encontrada tanto nos elementos mais tênues de seu organismo quanto no conjunto todo, transforma-o num ser tão distinto do resto da criação que ele merece, por si só, possuir um nome especial na hierarquia animal. No que diz respeito à conformação tão singular de seu olho, assim como ao matiz violeta de sua pele, é preciso considerá-los como simples indícios desse estado especial".

Feita a verificação do meu sistema muscular, não foi encontrado nele nada que fosse notável, exceto uma excessiva magreza. Meu ouvido tampouco forneceu dados particulares, bem como minha epiderme, aliás, sem contar a nuança dela. Quanto aos cabelos, de carregada cor negra arroxeada, eram finos como a teia de aranha, e o doutor estudava-os de forma minuciosa.

— Bem que se deveria poder dissecá-lo! — dizia-me ele, vez por outra, rindo.

O tempo passava assim de mansinho. Eu aprendera bem depressa a estenografar, graças ao ardor de meu desejo e à aptidão natural para esse modo de transcrição rápida, que mostrava, introduzindo nele, de resto, algumas abreviações novas. Comecei a fazer anotações, que meu estenógrafo traduzia; além do mais, tínhamos fonógrafos, fabricados segundo um modelo especialmente concebido pelo doutor e perfeitamente adaptados a desacelerar minha fala.

Com o passar do tempo, a confiança de meu anfitrião tornou-se absoluta. Nas primeiras semanas ele não pudera combater a suspeita — e era bem natural — de que a particularidade de minhas faculdades não passasse sem alguma loucura, algum desarranjo cerebral. Eliminado tal receio, nossas relações ficaram plenamente cordiais e, creio eu, tão cativantes para um quanto para o outro. Fazíamos o exame analítico de minha percepção mediante um grande número de substâncias chamadas de opacas e a coloração escura que tomavam, aos meus olhos, a água, o vidro, o quartzo de determinada espessura. Lembre-se de que enxergo bem através da madeira, das folhas de árvores, das nuvens e de muitas outras substâncias, distinguindo mal o fundo de um volume d'água a meio metro de profundidade, e que um vidro, conquanto me seja transparente, tem menor transparência para mim do que para o comum das pessoas e uma cor assaz escura. Um grosso caco de vidro parece-me enegrecido. O doutor se convenceu à vontade de todas essas singularidades, pasmado, em especial, de me ver distinguir as estrelas em noites nubladas.

Foi tão somente a essa altura que comecei a dizer-lhe que as cores também se diferençavam para mim. Várias experiências comprovaram que me eram perfeitamente invisíveis o vermelho, o laranja, o amarelo, o verde, o azul e o índigo, assim como o são o infravermelho ou o ultravioleta para um olho normal. Em compensação, pude evidenciar que discernia o violeta e, além do violeta, toda uma gama de nuanças, um espectro colorido, pelo menos, duplo em comparação com o que se estende do vermelho ao violeta.[12]

Aquilo surpreendeu o doutor mais do que todo o resto. Estudou-o demorada e minuciosamente: aliás, com um esmero infindo. Esse estudo se tornou, nas mãos do hábil experimentador, a origem de sutis descobertas na ordem das ciências classificadas pela humanidade, forneceu-lhe a chave de remotos fenômenos de magnetismo, de afinidade, de poder indutor, conduziu-o rumo a novas noções fisiológicas. Saber que tal metal comporta uma série de nuanças desconhecidas, variáveis com a pressão, a temperatura e o estado elétrico, que os gases mais diáfanos têm

---

[12] O quartzo me dá um espectro de aproximadamente oito cores: o violeta extremo e as sete cores que se seguem no ultravioleta. Mas então restam aproximadamente oito cores que o quartzo não separa mais e que outras substâncias separam em maior ou menor grau. (N. A.)

cores distintas, mesmo com espessura pequena; informar-se sobre a infinita riqueza de tons dos objetos que parecem mais ou menos pretos, ao passo que dão uma gama mais magnífica, no ultravioleta, do que todas as cores conhecidas; saber enfim como variam, em nuanças ignotas, um circuito elétrico, a casca de uma árvore, a pele de um homem, ao longo de um dia, uma hora, um minuto — é fácil imaginar todo o proveito que um cientista engenhoso pode tirar de semelhantes noções.

Seja como for, esse estudo mergulhou o doutor nas delícias da novidade científica, junto das quais os produtos da imaginação são frios como a cinza diante do fogo. Ele não cessava de me dizer:

— É claro! Em suma, sua extrapercepção luminosa é apenas o efeito de seu organismo desenvolvido em velocidade!

Trabalhamos pacientemente por um ano inteiro, sem que eu mencionasse os *Moedigen*: queria infalivelmente convencer meu anfitrião, entregar-lhe inúmeras provas de minhas faculdades visuais, antes de me arriscar à suprema confidência. Afinal, chegou o momento em que pensei que pudesse revelar tudo.

IX

Era certa manhã, num suave outono cheio de nuvens a rolarem, havia uma semana, pela copa celeste, sem que a chuva delas caísse. Andávamos percorrendo o jardim, Van den Heuvel e eu. O doutor estava silencioso, todo absorto naquelas especulações de que eu era o assunto principal. Por fim, começou a falar:

— É um belo sonho, porém, o de ver através dessas nuvens... de perfurar até mesmo o éter, enquanto nós cá... cegos como estamos...

— Se visse apenas o céu!... — repliquei.

— Ah, sim, o mundo inteiro tão diferente...

— E mesmo bem mais diferente do que já lhe disse!

— Como assim? — exclamou ele, com ávida curiosidade. — Será que você me escondeu alguma coisa?

— O principal!

Ele se postou diante de mim, olhou para mim fixamente, com uma verdadeira angústia mesclada com algo místico.

— Sim, o principal!

Havíamos chegado perto da casa; fui correndo pedir um fonógrafo. O instrumento que trouxeram era potente, bem aperfeiçoado pelo meu amigo, e podia gravar um discurso longo; o doméstico colocou-o sobre a mesa de pedra, à qual o doutor e seus familiares tomavam café em belas tardes de verão. O bom aparelho, de precisão milagrosa, atendia admiravelmente às conversas descontraídas. Nossa conversação se desenrolou, pois, mais ou menos como um colóquio usual:

— Sim, eu lhe escondi o principal, buscando, antes de tudo, pela sua inteira confiança. E mesmo agora, depois de todas as descobertas que meu organismo lhe permitiu fazer, receio muito que o senhor não venha a acreditar em mim sem esforço, ao menos no começo.

Detive-me para fazer o instrumento repetir a frase: vi o doutor empalidecer, com aquela palidez dos grandes cientistas ante uma nova atitude da matéria. Suas mãos tremiam.

— Vou acreditar em você! — disse ele, com certa solenidade.

— Mesmo se eu afirmar que nossa criação — quero dizer, nosso mundo animal e vegetal — não é a única vida da terra... que há outra vida, tão vasta, tão múltipla, tão variada quanto ela... invisível para seus olhos?

Intuindo o ocultismo, ele não pôde deixar de dizer:

— O mundo do quarto estado... as almas, os fantasmas dos espíritas.

— Não, não, nada de semelhante. Um mundo de seres vivos, condenados, como nós mesmos, a uma vida breve, a várias necessidades orgânicas, ao nascimento, ao crescimento, à luta... um mundo tão fraco e efêmero quanto o nosso, um mundo submisso às leis igualmente fixas, senão idênticas, um mundo tão prisioneiro da terra, tão desarmado perante as contingências quanto ele... mas, de resto, completamente diferente do nosso, que não nos influencia assim como não o influenciamos, salvo pelas modificações que traz ao nosso solo comum, à terra, ou pelas modificações paralelas que impomos a esta mesma terra.

Ignoro se Van den Heuvel acreditou em mim, porém, certamente, ele estava tomado de uma viva emoção.

— Em suma, eles são fluidos? — perguntou.

— É o que não saberia dizer, pois suas propriedades são contraditórias demais para a ideia que fazemos da matéria. A terra é tão resistente para eles quanto para nós, bem como a maioria dos minerais, ainda que eles possam entrar um pouco num húmus. Também são totalmente impermeáveis, sólidos, um em relação ao outro. Contudo, eles traspassam, embora, de vez em quando, com certa dificuldade, as plantas, os animais, os tecidos orgânicos, e nós os traspassamos da mesma maneira. Se acaso um deles pudesse enxergar-nos, pareceríamos, quem sabe, fluidos, se comparados com eles, assim como eles parecem fluidos, se comparados conosco, porém não poderia, verossimilmente, fazer conclusões maiores do que as minhas e ficaria dominado por contradições paralelas... A forma deles tem aquele detalhe estranho de não terem muita espessura. O tamanho deles varia infinitamente. Tenho conhecido alguns que atingem cem metros de comprimento, e outros miúdos como os nossos menores insetos. Uns deles se alimentam à custa da terra e dos meteoros, outros à custa dos meteoros e indivíduos de seu próprio reino, sem que, todavia, isso provoque uma carnificina, como em nosso meio, já que basta o mais forte aumentar sua força e que essa força pode ser transfundida sem esgotar as fontes da vida.

Bruscamente, o doutor me disse:

— Você os vê desde a sua infância?

Adivinhei que ele supunha, no fundo, alguma desordem ocorrida, mais ou menos recentemente, em meu organismo.

— Desde a minha infância! — repliquei, enfático...
— Fornecerei ao senhor todas as provas desejáveis.
— Você os vê agora?
— Vejo, sim... são numerosos, aqui no jardim...
— Onde estão?
— Na alameda, pelos relvados, sobre as muralhas, na atmosfera... pois o senhor há de saber que existem seres terrestres e aéreos... e aquáticos também, mas estes quase não saem da superfície da água.
— São numerosos por toda parte?
— Sim, e quase tão numerosos na cidade quanto nos campos, dentro das habitações quanto na rua. Aqueles que gostam de ficar dentro são, entretanto, menores, decerto por causa da dificuldade em passarem, ainda que as portas de madeira não sejam um obstáculo para eles.
— E o ferro... o vidro... o tijolo...
— São impenetráveis para eles.
— Queira descrever um deles para mim... de preferência, um dos grandes.
— Vejo um desses perto daquela árvore. Sua forma é muito alongada, bastante irregular. É convexa pelo lado direito, côncava pelo lado esquerdo, com inchações e recortes: poderíamos imaginar assim a projeção de uma gigantesca larva atarracada. Sua estrutura, porém, não é característica do Reino, pois a estrutura varia extremamente de uma espécie (se é que podemos empregar esta palavra aqui) para a outra. Sua ínfima espessura é, em compensação, uma qualidade geral de todos os seres: não deve ultrapassar tanto um décimo de milímetro, enquanto seu comprimento atinge cinco

pés, e sua maior largura, quarenta centímetros. O que o define ao máximo, bem como todo o seu Reino, são as linhas que o atravessam, um pouco em todas as direções, resultando em redes que ficam mais finas entre dois sistemas de linhas. Cada sistema de linhas é provido de um centro, algo como uma mancha levemente inflada acima da massa do corpo e vez por outra, pelo contrário, afundada. Esses centros não têm nenhuma forma fixa, ora quase circulares ou elípticos, ora contornados ou espiralóides, às vezes divididos por vários gargalos. São espantosamente móveis, e seu tamanho varia de hora em hora. Sua borda palpita bem forte, com uma espécie de ondulação transversal. Geralmente, as linhas que se originam deles são largas, se bem que haja também linhas muito finas; elas divergem e terminam numa infinidade de traços delicados que se desvanecem gradualmente. Algumas linhas, no entanto, muito mais pálidas que as outras, não são engendradas pelos centros; elas permanecem isoladas no sistema e se cruzam sem mudarem de matiz: essas linhas têm a faculdade de se deslocar dentro do corpo e de variar as suas curvas, ao passo que os centros e as linhas de interligação permanecem estáveis em suas respectivas situações... Quanto às cores de meu *Moedig*, devo renunciar à tentativa de descrevê-las: nenhuma delas faz parte do registro perceptível para seu olho, nenhuma tem nome para o senhor. São extremamente brilhantes nas redes, menos fortes nos centros, bem apagadas nas linhas independentes, as quais, em compensação, possuem um lustro extremo, um metálico de ultravioleta, se é que posso dizer assim... Juntei algumas observações sobre o modo de vida, de alimentação, de autonomia dos *Moedigen*, mas não desejo, atualmente, submetê-las ao senhor.

Calei-me; o doutor fez repetir duas vezes as palavras gravadas pelo nosso impecável porta-voz e depois se quedou, por muito tempo, em silêncio. Jamais o vi em semelhante estado: seu rosto estava rígido, petrificado, seus olhos, vidrados, cataléticos; um abundante suor escorria das suas têmporas e molhava-lhe os cabelos. Ele tentou falar e não conseguiu. Tremendo, deu uma volta pelo jardim, e, quando reapareceu, seu olhar e sua boca exprimiam uma paixão violenta, férvida, religiosa: antes se diria ser um discípulo de uma nova fé do que um pacífico caçador de fenômenos.

Enfim, ele murmurou:

— Você me desanimou! Tudo o que acaba de dizer parece desesperadamente lúcido... Será que tenho o direito de duvidar após essas maravilhas todas que já me participou?

— Duvide — disse-lhe eu, com veemência —, duvide ousadamente... Com isso, suas experiências só se tornarão mais fecundas!

— Ah! — prosseguiu ele, com uma voz sonhadora.

— Eis o verdadeiro prodígio e tão magnificamente superior aos vãos prodígios da Fábula!... Minha pobre inteligência de homem é tão pequena em comparação com tais conhecimentos!... Meu entusiasmo está infinito. Entretanto, há algo em mim que duvida...

— Trabalhemos para dissipar as suas incertezas: nossos esforços nos serão pagos em cêntuplo!

X

Nós trabalhamos. Algumas semanas bastaram para o doutor dissipar todas as suas dúvidas. Engenhosas experiências, concordâncias inegáveis entre cada uma das minhas afirmações, duas ou três felizes descobertas a propósito da influência exercida pelos *Moedigen* sobre os fenômenos atmosféricos não deixaram nenhum espaço para o equívoco. A adesão do filho mais velho de Van den Heuvel, um jovem agraciado com as mais altas aptidões científicas, aumentou ainda a fecundidade de nossos trabalhos e a certeza de nossos achados.

Graças ao espírito metódico dos meus companheiros, à sua potência investigativa e classificatória — faculdades que eu mesmo assimilava cada vez melhor —, o que meu conhecimento dos *Moedigen* apresentava de incoordenado e de confuso não demorou a mudar. As descobertas se multiplicaram, a rigorosa experiência trouxe resultados consistentes, nas circunstâncias que, em tempos antigos e mesmo ainda no século passado, teriam sugerido, quando muito, algumas divagações sedutoras.

Agora faz cinco anos que continuamos as nossas pesquisas, as quais estão longe, bem longe de terem chegado ao seu término. Um primeiro relatório de nossos trabalhos não poderá vir a lume tão rápido assim. Fixamo-nos, aliás, como regra não fazer nada às pressas: nossas descobertas são de uma ordem por demais imanente para não serem relatadas da forma mais detalhada possível, com a mais soberana paciência e a mais minuciosa precisão. Não temos nenhum outro pesquisador a deixar para trás, nem patente a adquirir nem ambição a satisfazer. Estamos a uma altura em que a vaidade e o orgulho se apagam. Como reconciliar as deliciosas alegrias de nossos trabalhos com a miserável atração do renome humano? De resto, não é tão só o acaso de minha organização a fonte daquelas coisas? Destarte, que mesquinhez seria nos vangloriarmos delas!

Vivemos apaixonadamente, sempre à beira de algo maravilhoso; no entanto, vivemos numa serenidade imutável.

* * *

Aconteceu comigo uma aventura que torna a minha vida mais interessante e me leva, nas horas do descanso, aos ápices da alegria. Vocês sabem como sou feio, e mais estranho ainda: próprio para apavorar as moças. Não obstante, achei uma companheira que se contenta com minha ternura a ponto de ser feliz.

É uma pobre moça histérica, nervosa, que encontramos, um dia, num hospício de Amsterdam. Dizem que é deplorável com sua palidez de gesso, suas faces cavadas e seus olhos desvairados. Quanto a mim, seu ar me agrada, sua companhia me encanta. Longe de surpreendê-la, como surpreende a todas as outras pessoas, minha presença tem parecido, desde o começo, ser agradável e reconfortante para ela. Fiquei sensibilizado com isso, quis vê-la de novo.

Não demoraram a perceber que eu agia de modo benéfico sobre a saúde e o bem-estar dela. Ao examiná-la, acharam que a influenciasse magneticamente: minha aproximação e, sobretudo, a imposição de minhas mãos, comunicavam-lhe jovialidade, serenidade, estabilidade espiritual realmente curativas. Em troca, eu encontrava doçura ao lado dela. Seu rosto me parecia bonito; sua palidez e sua magreza não passavam de uma delicadeza; seus olhos capazes de ver cintilarem os ímãs, como os olhos de muitos hiperestésicos,[13] não tinham, para mim, aquele caráter de desvairamento que lhes reprochavam.

Numa palavra, sentia uma queda por ela, retribuída com paixão. Assim é que tomei a decisão de desposá-la e alcancei facilmente meu objetivo, graças à benevolência dos meus amigos.

Esta união tem sido feliz. A saúde de minha mulher restabeleceu-se, se bem que ela continuasse sendo extremamente sensitiva e frágil; eu mesmo degustei a alegria de ser, em relação ao principal da vida, a exemplo dos outros homens. Contudo, meu destino é especialmente invejável há seis meses: um filho nosso nasceu, e esse pequeno reúne todas as características de minha constituição. Cor, visão, audição, extrema rapidez de movimento, alimentação... ele promete ser uma exata reedição de meu organismo.

O doutor o vê crescer com êxtase, vindo-nos uma deliciosa esperança, a de que o estudo da vida *Moedig*, do Reino paralelo ao nosso, aquele estudo que exige tanto tempo e tanta paciência, não fique interrompido

---

[13] Pessoas afetadas pela sensibilidade exacerbada a todo e qualquer estímulo externo, chamada de hiperestesia. (N. T.)

quando eu não estiver mais em vida. Meu filho vai continuá-lo, sem dúvida, por sua vez. Por que não encontraria colaboradores geniais, capazes de elevá-lo a uma nova potência? Por que não nasceriam, dele também, uns videntes do mundo invisível?

E será que eu mesmo não posso esperar por outras crianças, esperar que minha querida mulher dê à luz outros filhos de minha carne, semelhantes ao seu pai?... Quando penso nisso, meu coração lateja, uma beatitude infinita penetra-me, e eis que me sinto abençoado no meio dos homens.

© *Copyright* desta tradução: Editora Martin Claret Ltda., 2018.

Direção
MARTIN CLARET
Produção editorial
CAROLINA MARANI LIMA / MAYARA ZUCHELI
Direção de arte
JOSÉ DUARTE T. DE CASTRO
Diagramação
GIOVANA QUADROTTI
Ilustração de capa
BRUNO BADAIN / MANGA MECÂNICA ESTÚDIO
Preparação
FERNANDA BELO / ZERVANE FARIAS
Revisão
MAYARA ZUCHELI
Impressão e acabamento
GEOGRÁFICA EDITORA

A ortografia deste livro segue o novo Acordo Ortográfico da Língua Portuguesa.

Dados Internacionais de Catalogação na Publicação
(CIP)
(Câmara Brasileira do Livro, SP, Brasil)

Das estrelas ao oceano: contos de ficção científica /
[tradução Oleg Almeida, Vilma Maria da Silva] –
São Paulo: Martin Claret, 2019.

Conteúdo: A estrela – Armageddon / H. G. Wells –
O eterno Adão / Jules Verne – O templo / H. P. Lovecraft
– Um outro mundo / J. H. Rosny Aîné.
ISBN 978-85-440-0225-4

1. Contos 2. Ficção científica francesa 3. Ficção científica
inglesa 4. Ficção científica norte-americana I. Wells, H.
G., 1866-1946. II. Verne, Jules, 1828-1905. III. Lovecraft,
H. P., 1890-1935. IV. Rosny, J.-H., Aîné, 1856-1940.

19-27508   CDD-808.882

Índices para catálogo sistemático:

1. Contos de ficção científica: Literatura   808.882

EDITORA MARTIN CLARET LTDA.
Rua Alegrete, 62 – Bairro Sumaré – CEP: 01254-010 – São Paulo – SP
Tel.: (11) 3672-8144 – www.martinclaret.com.br
Impresso – 2019